写给孩子的
动物文学

Da Shanmao
Chuanqi
大山猫传奇

（俄罗斯）维·比安基 著　韦苇 译

北京时代华文书局

精彩的动物故事　不朽的生命传奇

工业文明和科技文明的发达，给人类自身造成一种错觉，使人们以为人和人的支配欲可以无限制的挥发，可以任意的奢侈。其实，地震和海啸就告诉我们，人和人的意志不是万能的，"人定胜天"不是一个放诸四海而皆准的不易真理。在地震和海啸面前，自以为万能的人和动物一样，抗拒不了更控制不了发生在我们这个星球心脏部位的激情。地震和海啸其实是把人类放在与动物同样的地位上，人类有时候显得更脆弱更无能，甚至动物已经对地震有预感的时候，人类还茫然无所知。这样来认识大自然，我们就会认识到人类的渺小；这样来思考生命，就能够摆脱"人类中心主义"的立场，就能消除人类对动物的傲慢与偏见，就能消除人类在大自然面前的错觉，承认人类并不是地球的主宰者、不是大自然的主宰者，人只不过是地球上一种能用语言思考、表达，从而具有物质和精神创造能力的动物而已。只有当我们认识到，地球是一个人与动物命运与共的大生物圈，地球是人和动植物一起拥有的生存共同体，我们的生态伦理观念才能正确建立起来。这样，我们就会对有些生命意识和生态环境意识特别强的人怀有深深的敬意。所以，大自然文学、动物文学不可能在工业文明、科技文明和城市文明兴起的 19 世纪以前产生。当动物的生存问题因为工业和城市的迅猛发展而引起关注的时候，当作家对动物生命有新的理解的时候，以动物为本位、为重心的动物文学就应运而生了。动物文学作家只不过是用文学来思考大自然、思考生命的一批人，他们把真实的动物世界用艺术的语言经营成一个个精彩的故事、不朽的生命传奇，打造成文学图书的常青树。

动物文学能给孩子以独特的生命教育，从而有助于孩子的健康成长。

儿童从动物文学的形象中获得审美感动，与动物文学里的形象发生共鸣，与此同时，孩子会认识到，动物是一种与人类不同的生命存在，它们的行为可以促使孩子对人类的行为进行反观和反思，促使孩子审察人类自私本性的后果，从而克服人类的骄横和偏见。孩子在受到生命教育的同时，他们的人格也就能够在更宏阔、更丰盈的背景上得到健康的发展。

伟大的大自然文学作家米·普里什文的创作理念，就明显超越了环境保护和动物保护层面上的意义：他的作品激励读者去亲近大地母亲，去和大地和谐相处，去恢复与大自然的良好关系，去关注每一株草、每一棵树、每一种禽鸟野兽、每一座山峦、每一条河流。米·普里什文对大自然的理解，同常人很不一样，他说："我们和整个世界都有血缘关系，我们现在要以亲人般关注的热情来恢复这种血缘关系。"所以他语重心长地说："鱼儿需要清洁的水——我们要保护好我们的水源。森林里、草原上、山峦间，那里有种类繁多的动物——我们要保护好我们的森林、草原和山峦。""给鱼以最好的水，给鸟以最好的空气，给禽鸟野兽以最好的森林、草原、山峦。人总得有自己的祖邦，而保护好了大自然，就意味着保护好了自己的祖邦。"

高大的松树、清澈的湖泊、连绵的山峦、飞跃的松鼠、胆怯的小鹿，以及空气中扑面而来的脂香和果香，使得人的心灵能有一种与天地融为一体的感觉，可以获得从未有过的惬意和满足。

飞过天空的野鸭有无形的价值，出没于山间的灰熊有无形的价值；野外的声音、气味和记忆都有无形的价值。此刻，向森林走去，纵然只是向城市中央公园的绿洲走去，去看看鸟们筑在枝丫间的窝巢，我们感觉我们是去朝圣——心灵的朝圣。

目 录 | CONTENTS

大山猫传奇 001

林中猎狐记 071

狐狸这样拿住刺猬 082

黑　狐 084

母狼跟在我们身后 086

松鼠饿疯了 098

好奇心是寻觅、探求、发现、创造的动力源。用动物文学来培养你的好奇心!

——韦苇

大山猫传奇

第一章　在林间小路上

　　这是一只大野兽，它小心翼翼地从茂密的丛林里探出个脑袋来：两边龇出长长的胡须，耳朵上各有一撮黑毛，两只分得很开的黄眼睛骨碌骨碌，先向小路这边瞟了一眼，接着向小路那边瞟了一眼，就直直地竖起耳朵，伫立在那里，一动不动了。

　　老守林人安德雷奇行走在丛林里，他此刻所在的地方距离小路还有百多公尺，要不然，一眼就能认出这只躲在密林里的是一只大山猫。

　　安德雷奇不多会儿就想抽烟了。他收住脚步，从怀里掏出烟荷包来。

　　他旁边的枞树林里，不知是什么野兽响响地咳了一声，声音传得老远老远。

　　烟荷包掉落到地上。嚓啦一下，安德雷奇从肩上取下猎枪，很快打开扳机。

　　狍子棕红色的皮毛和它锐利的岔角，在树丛间闪了一下。

　　安德雷奇立刻放下枪，弯下腰去，捡起烟荷包。他老人家在禁猎期间是从来不违禁打任何野兽的。

　　这时，大山猫觉得自己周围已没有什么可疑的行迹，便悄然钻进了密林。

　　才不多一会儿工夫，大山猫又出现在小路上。这回，它嘴里叼着一只小山猫。它叼得很小心，只叼住小山猫的一块后颈皮。

　　穿过林间小路，大山猫将自己的宝贝孩子藏在软绒绒的青苔间，随即又转身回头。

　　又过了一小会儿，第二只小山猫扭动着四条小腿，出现在第一只小山猫身旁。接着，老大山猫又回去叼来第三只，这是最后一只了。

　　森林里隐隐传来树枝轻微的断折声。

　　大山猫马上窜到近旁一棵树的树枝上，在树荫里躲了起来。

这时，安德雷奇仔细查看着受惊狍子的脚印。茂密的枞树林背阴地里，还残留着积雪。狍子瘦小的八只蹄印深深地留在雪地上，清晰可辨。

"狍子有两只呢，"老猎人猜想着，"这第二只可能是母的。它们不会离小路太远的。要不要过去看看呢？"

他费劲地转身，穿过密林，悄没声儿地向小路走去。

安德雷奇对林中动物的生活习性了如指掌。正如他所估摸的那样，狍子跑出数十米远后，就以为进入了安全地带，以为啥事也不会有了，就刹住了步，慢悠悠地碎步儿往前闲走。

雄狍子第一个来到小路上，它昂起高挺着岔角的脑袋，深深吸了口气，看有没有猛兽的气息。

风是顺着小路往上吹的，因此它嗅不到在小路上方的大山猫气味。

雄狍子急促地跺了跺脚。

于是，从矮树林里马上跳出一只不长角的母狍子，同雄狍子相挨着站在一起。

它们竖着耳朵听了一阵，接着就低头啃起青草来，时不时抬头，警觉地往四周瞅瞅。

大山猫躲在茂密的树林后面，却能从缝隙间把两只狍子看得一清二楚。

这家伙趁两只狍子低头吃青草时，蹑着脚，了无声响地遛上树，蹲在靠地面的一根粗枝上。这根树枝横生在小路的正上方，离地面四五米。

枝叶长得很茂密，不过狍子的眼睛特别尖，大山猫在狍子的视野里而不被狍子觉察是很难的。

但是大山猫把身子紧紧贴在粗壮的树枝上，就像是一个树瘤似的。

狍子于是分辨不出凶悍的大山猫身影，也就没有格外注意。

公狍子和母狍子双双顺着小路，向猛兽蜷伏着的地方悠悠地走去。

安德雷奇眺望着十五步外小路的上方，那里枞枝上蹲伏着一只大山猫。他闪身躲到矮树林里，再往下方瞅时，他一下子发现了两头狍子，立刻目光定定地看着它们。

老人看守森林多年，从来不放过在近处观察胆小野兽的机会。

母狍子走在前头，公狍子落后几步。

突然，有一个什么东西，像黑石块似的，从树枝上唰啦一下坠落到母狍子身上。

猝然之间，母狍子的脊椎骨咔嚓断了，一下跌倒在地。

公狍子高高一跳，跳离原来它站的地方，转眼间消失在密林中。

"大山猫！"安德雷奇惊叫了一声。

不给老猎人留下任何犹豫的余地了。

砰！——砰！双筒猎枪连响了两声。

大山猫高高蹦起，吼叫着，啪嚓——摔在了地上。

安德雷奇飞起一跳，跳出了矮树林，顺着小路飞速跑去。这大山猫是难得碰见的野物，所以他全然忘记了应该多加小心——不可不提防着些。

不等老头接近，大山猫陡然窜了起来。

安德雷奇在隔它三步远的地方，站住了。

突然，猛兽从地上弹蹦起来。

老人的胸口被重重撞了一下，仰面跌倒在地上。

安德雷奇手里的猎枪，一下子被远远甩到一边。他急忙用左手护住自己的咽喉。

就在这一瞬间，大山猫尖利的獠牙深深刺进了他的左手，直咬到他的臂骨。

老猎人从皮靴里刷一下抽出匕首，手一晃，嚓！扎进了大山猫的腰部。

这猛猛的一刀，送了这畜生的命。猛兽的獠牙松开了，畜生歪倒在一边。

安德雷奇怕它不死，又补了一刀，接着，赶忙站起身来。

不过，大山猫真的已经死了。

安德雷奇摘下帽子，抹了抹额头上的汗珠。

"呵！"他深深吸了一口气，长嘘了一声。

一种老年人的虚脱感，揪住了安德雷奇。刚才，在生死搏斗中绷得紧紧的肌肉，此刻一下松弛了。两条腿直发颤，他于是背靠树墩坐了下来，这样可以不让自己倒下去。

过了几分钟，老人渐渐缓过气来了。

他回过神，第一件事，就是用带血的手裹了根烟卷，点燃了，深深吸了一大口。

安德雷奇吸完烟，在小溪边把伤口洗净，用布包好，这才动手开剥狍子的皮，收拾大山猫。

第二章　小山猫被取名为木尔索克

一只小小的山猫，棕褐色的，躺在树根下面的洞穴里。这棵树的枝叶都垂向地面，小山猫趴树荫里很难被发现。小山猫的妈妈早将它的两个红毛兄弟叼走了，也不知叼往哪儿去了，也不知叼走的原因。它前些天才睁开双眼，因此它对发生的事还什么都不知道呢。它感觉不到如今继续待在出生的洞窝里有多危险。

昨天夜里，一阵狂风暴雨，旁边一棵大树差不多被翻根刮倒了，歪歪的斜向地面。它不知道，这粗大的树干随时都有倒下来的危险，一旦倒下来，这小山猫可就死定了。这就是山猫妈妈决意要将自己的宝贝孩子迁徙到别的地方去的原因。

小山猫等妈妈回来，等呀，等了很久。可妈妈就是没回来。

两小时以后，它分明觉得肚子饿得慌，就"喵、喵、喵"的叫唤起来。这叫声，一声比一声响。

然而大山猫妈妈就是不见回来！

最后，小山猫饿得实在受不了了，于是它摸着爬着，出去找妈妈。它爬离了洞穴，瞎子似的连滚带跌，脸一会儿撞在树根上，一会儿撞在土疙瘩上，撞得好生疼痛，不过它还是不停地往前爬。

安德雷奇站在小路上，仔细翻看着死兽皮毛。两具剥了皮的野兽躯体：大山猫的，守林人埋到了地下；狍子的，守林人仔细装进了猎袋里。

"这张皮子，能卖得20来个卢布呢，"老头爱惜地抚摸着毛丝细密的、

又绒又厚的山猫皮自语道，"要不是这两处刀口，要30卢布，谁都会买去的。这么讨人喜欢的皮子，天下还哪儿去找哟！"

这皮子确实太好了，又大又漂亮：黑里带灰的，密密点缀着圆形棕褐色斑点，通常会有的黄色杂毛上面一根也没有。

"我拿这张皮怎么办呢？"安德雷奇从地上捡起了狍皮，心里琢磨，"你瞧我把它打出这么多小窟窿！"

本来是打大山猫的大砂弹，打到了狍子身上，薄薄的皮子穿了好几个洞眼。

"谁要是见到这张皮，他准会想：'老家伙偷猎明令禁猎的母狍子了。'可我总不能把它给扔掉吧；我带回家去，铺在我那枕头上吧。"

安德雷奇把两张兽皮毛朝里卷起来，珍爱地拿皮条捆好，随手往背上一撩，回家了。

"天黑前，我一定得赶到家！"老头都已经迈步上路了，忽然，从密林里传来如怨如诉的猫叫声，声音低微，但听得清晰。

安德雷奇竖起耳朵，凝神谛听。

他听见了第二声喵呜。

安德雷奇放下背着的皮张，向声音传来的密林走去。

过不多一会儿，老猎人两只手里各提溜着一只红通通的小山猫，回到小路上。两只小家伙拼命地要从他手里挣脱开去，尖着嗓子，拼命喵呜喵呜不住声地叫唤。

有一只狠狠地抓了老头一爪子。

"哟，这小恶棍好凶啊！"安德雷奇恼恨地说，"你小小的，就会用爪子抓人啦！跟你妈妈一样厉害哪。不能留下你们这祸根！"安德雷奇把它们摔死在地上，还嘟嘟哝哝不停咒骂着。他从地上捡起坚硬的树枝，想挖个坑，将摔死的小山猫埋掉。

那只棕褐色小山猫，由于叫唤的时间太久，现在声音已经完全嘶哑了，它一直慢悠悠地往前爬动着，连自己也不知道，它要爬往哪儿去。

密林走尽了，安德雷奇面前出现了一片开阔地，这时他才看清楚：山猫的洞穴离小路只有几步路。

小山猫窸窸窣窣往前爬。但是它的眼睛只习惯于密林的黑暗，所以它没有看见正在用树枝挖坑的安德雷奇。

一种恐惧的预感，使小山猫紧贴地面。可是它到底挡不住饥饿——饥饿迫使小兽徐徐往前爬动，直向着背朝它的安德雷奇爬来。

小山猫爬到老人脚边。这时，老人转过身来。

安德雷奇伸手去抓那两只摔死的小山猫，没想到，忽然看见还活着的这只小山猫已经爬到了他身边。

"你从哪儿来？"老人一时慌了手脚。

小山猫坐起身子，张开粉红色的小嘴，声音低弱地喵呜着。

"完全是一只小猫啊！"安德雷奇一边自语，一边奇怪地仔细打量小兽。

小山猫又开始往前爬，它笨拙地翻过树根，接着一个跟头栽进了守林人刚才用树枝挖出来的土坑里。

"啊呀，自己往坟坑里跳呀！你这小东西真傻到家了！"安德雷奇不由地放声笑了起来，弯下身子将小山猫拎了上来。

"呵，你的胡子翘翘！你的眼睛斜斜——这副样子完全像个鞑靼贵族，

那就叫你木尔索克吧！"

这时，饥饿难耐的小山猫用粗糙的小舌头舔了舔老人伸过来的手指头。

"饿慌了吧？"安德雷奇关切地问道，"拿你怎么办呢？应该敲你一下，也同你的两个同胞一起埋掉……"

"可我不忍心摔死你这个孤儿了！"老头忽然开心地笑了起来，"得，让你活下去吧，往后就住我屋里，吓唬吓唬耗子也好。木尔索克，爬到我怀里来！"

安德雷奇很快往坑里扒土，将已死的两只小山猫埋掉，然后把皮张甩到背上，急急往家走去。

第三章 驯养小山猫

安德雷奇是个老守林人。

他住在一间小木屋里。木屋在林区中央，三面森林环绕，第四面是平展展的草地。草地上有一条小路，延伸到不远处的一个村庄。

安德雷奇没有家小，一个人过日子。他的全部财产，也就是一头母牛、一匹马、十只母鸡，和一条衰老的猎狗。

猎狗名字唤作库纳克。安德雷奇每每进入森林，要很长时间才回来，这时，就留它在家看门。所以，他打死大山猫这天，也就没有猎狗在场。

安德雷奇回到家，天已黯淡下来。库纳克用亲切的吠叫声迎接了主人。

"你来瞧，"老人把皮张从肩上卸下，"看我带了个什么野物回来。"

库纳克闻到了大山猫气味。它立刻肩毛直竖，汪汪叫开了。

"怎么，老弟，你不喜欢它？这野兽可凶了，差点儿把我咬死，这该死的家伙！"

"来，你过来瞧瞧：嫩茸茸的小山猫，叫木尔索克。"

"呔！别碰它！今后它要跟咱们一起过日子了。你会习惯的。"安德雷奇进屋，从床底下拖出一个柳条筐子，将小山猫安放到里头。他拿来一个盛满牛奶的瓦罐，用手指在牛奶罐里蘸一下，递到小山猫嘴边。

小山猫实在饿慌了，它立刻将牛奶舔了个精光。

"会吃奶！"安德雷奇高兴地说，"等等，我这就给你做个奶嘴儿。"

安德雷奇用一块结实的旧布裹成了一个布筒，往罐子里盛上牛奶。他把布头塞进了小山猫嘴里。

木尔索克吸奶吸得太猛，呛了几口。不过它很快就习惯了。

过了十分钟，吃得又饱又满足的木尔索克，蜷缩成一团，在老守林人给它铺就的新床上甜甜地睡了。

一个星期以后，木尔索克学会了在浅盘子里舔牛奶吃了。它的四条腿也长得结实多了，它看上去像一只家猫，整天在地板上戏耍。

安德雷奇天天逗它玩。尽管这样，库纳克还是对它有些疑惑，偷偷监视着这不祥的小东西，心中不放松警惕。

不过，用不了多久，猎狗就被小山猫征服了。

有一天，这只年老体弱的猎狗，正在长凳下酣睡得香甜，木尔索克悄悄走到它身边，在它胸前躺了下来。库纳克对木尔索克的这个举动感到快意，于是它假装没有发现这个没礼貌的小东西。

从这天起，木尔索克就养成了规矩，每次睡觉都要躺到库纳克身边来，它对老猎狗佯装发怒的声音毫不在意。

很快，它们俩成了好朋友，甚至挤在一个盘子吃东西了。

"就该这样！"安德雷奇看着它们，满意地想，"老猎狗会把善良的好品性教给小山猫的。"

事实也正是这样：野性十足的山猫从自己年长的朋友那里，学会了不少好习性，它也一样信赖主人，一样听从主人的每一个命令。

有时，木尔索克打碎装奶的瓦罐，把奶舔吃个精光，或者追鸡玩，干些捣蛋的事，只要主人生气地吼喝一声，聪明的小山猫就知道自己做错了，乖乖地趴到地上，像一座拱桥似的躬曲起整个身子，愧悔地爬到安德雷奇跟前。

要老人抡起棍棒来教训它的事，一次也不曾发生。

安德雷奇没有成过家，他把自己心中的慈爱都献给了牲畜。他一生驯养过的野兽已数不胜数。他能为这些野兽找到适合它们的事做。他懂得怎样耐心地训练它们，为他所用。

所有他驯养过的野兽，没有一只最后不成为他的好帮手和忠实的朋友的。

木尔索克长大一些以后，安德雷奇也给它找了一份差事。

安德雷奇出售山猫皮所得的钱，买回了一对大山羊。那只拖着长胡须的、动不动就发脾气的骟公羊，老头花了很大劲儿才把它赶进畜圈里去。

他教库纳克来帮他做这件事。

木尔索克寸步不离地跟着自己的老伙伴，帮自己的老伙伴来训练倔山羊。每天傍晚，它都帮着库纳克从密林把走失了的山羊给追回来。

山羊一看到年幼的山猫，吓得掉头就跑。赶羊的只要把它们往回家的方向引导一下，就能把牲畜赶回圈中。

秋天，老迈的库纳克死去了。

从这一天起，木尔索克在老人的护林室里顶替了猎狗的位置。库纳克干的一切全部落到了它身上。

安德雷奇常常带着它到森林里去，教它怎样追赶野物。老人每到村里办事，就留下它为自己看家。木尔索克总是愉快地服从他的命令。

安德雷奇老人驯养了一只山猫的消息，在远近村落传开了。人们络绎不绝赶来看老人创造的奇迹。

向来独处的老人，看见人们来他这里做客，感到由衷的高兴。为了给客人们助兴，他让木尔索克表演各种动作。小山猫那么机灵、听话，还一身蛮劲，客人们看了莫不称奇。

木尔索克当着众人的面，一巴掌就将一根粗枝击断，它会用牙齿撕裂生皮条，它会在茅草丛里寻觅云雀，云雀才一飞起，它就刷拉一下将它扑在自己掌下；而安德雷奇一句话，它又将云雀放飞了。

很多人愿出大价钱，向安德雷奇买木尔索克。可老人只一个劲儿晃脑袋。他是这样喜欢他自己驯养出来的小山猫，以至于说什么也不想同它分离。

第四章　不速之客

三年倏忽而逝。

一个闷热的夏日，时近傍晚。

通向安德雷奇小木屋的道路上，驶来一辆由两匹马拉的大马车。车杆前坐着一个穿紧身衣的赶车人，同他相挨而坐的，是一个穿大衣、戴宽檐帽的人。车尾拴着一个很大的铁笼子。

赶车人在残破的篱栅前勒住马，他想跳下车去推开篱栅门。

这时，从木屋顶上，神不知鬼不觉地悄然跳下来一只大山猫。

山猫三跳两跳，就跳到了篱栅边，它轻轻松松就跃过了高高的篱栅墙，突然出现在惊慌失措的赶车人面前。

两匹马吓得魂不附体，猛地往旁边一纵，拉着车就狂奔起来。

戴帽子的那个人舞动双手，大声喊了一句什么。

安德雷奇从屋里走出来。

守林人看到那个乘车人从赶车人手中一把夺过缰绳，掉转马头，在草地上兜了一圈。

"木尔索克，"老人喝了一声，"闪开，不准吓唬客人。可能是新任命的长官到咱们这儿来了。"

木尔索克颠儿颠儿，转头跑了回来，它舔了舔主人的手，躺在了他的脚边。

"快把你那恶棍赶开，"乘马车的人嚷道，"马会吓跑的！"

"上屋顶去！"安德雷奇低声下令道。

山猫敏捷地顺圆木爬上了屋顶。

安德雷奇打开大门。两匹马一边斜眼瞅着两侧，战战兢兢走进了院子。那个乘马人跳下车来，向安德雷奇走去。

"我姓雅格布斯，"他用刺耳的嗓音说道，"是一家私人动物园派我来的。您驯养的大山猫，我已经看见了，确实名不虚传，是一只很了不起的大动物。您想卖多少钱？"

安德雷奇呆立在那里，他的耳朵被一连串新词儿弄得嗡嗡直响。

"哎，我问您呢，"雅格布斯不耐烦地重复说，"这只山猫您要卖多少钱？"

"它不卖，"老头惊慌地低声说道，"这一点您早该从别人那里听说过了。"

"是啊，人们是对我说过，您不会卖掉它的。可是这话我不信！我给您出高价，40卢布。"

安德雷奇一下慌了神。他嗫嚅着，不知道该怎样拒绝这位不速之客。

"那么50卢布，怎么样？"雅格布斯问道。

安德雷奇慌张地捣着两只脚，只是连连摇头，不说话。

"依凡！"雅格布斯转过身去吩咐赶马人说，"把马给卸下来，喂它们吃些燕麦。咱们今儿个就在这里过夜了。"

"请，请！"安德雷奇开心起来，"请进屋！我这就给你煮水沏茶！"

安德雷奇思忖道："这么没有商量！他说给就得给，给他木尔索克！现在好啦：现在可以一边喝茶一边解释我不卖山猫的原因了。"

雅格布斯仔细打量着那只跳上屋顶的大山猫，打量了好一阵，然后转过身来径直走上台阶。

茶炊很快就开了。

安德雷奇在下头台阶上往上对他的宝贝说："哎，来，请进屋来吧！来喝茶！"

但是赶车人却不敢往前挪步——因为木尔索克又从屋顶上跳了下来，又站在它主人的身边了。

三年里，它迅速地长大了。现在从鼻尖到尾巴远远超过一米了。它甚至长得比它妈妈的个儿还长，还大。它站起来，往上躬起腰的话，看着就更高了。它那浓密的连鬓胡，它那威武的向两边刺开的呲须，它那黑漆漆的蓬耳毛，使它的脸看上去特别特别的凶险。它那黑灰毛皮上的棕褐色斑点异常鲜明，一撮杂毛也没有，这是非常非常难得的。

"它看着蛮凶，其实性子很温和！"安德雷奇微带笑容说，他边说边轻轻拍着大山猫的脸。"去！木尔索克，到森林里去吧！该你打猎了。要你回来时，我会唤你的。"

木尔索克不太情愿地向森林走去。

有客人到来，它总是不愿意让主人单独留在家里。何况，这两个人又怪模怪样的，这就更叫它放心不下了！木尔索克还是头一次见到这号都市打扮的人哩。

然而，主人的话就是法规，是不能违反的。

木尔索克跳过篱栅，消失在了森林里。

安德雷奇给客人沏上茶后，就自己先说起来："先生们别生气，我老了。

你们也看得出，我老了，还病得厉害。没有木尔索克给我看家，我就不能干活。如今我是一天也离不开它呀。"

老人说的，句句是真话，是实情。这些年，他头发白了，看起来着实衰老了。风湿病时时刻刻折磨着他。

可是雅格布斯铁石心肠，薄情寡义，他绝对不关心主人的难处，他认定要的是大山猫。

他不厌其烦地跟老人磨嘴皮，用恳求的话，用威胁的话，用提高价码来使老人相信，没商量，大山猫就是应该卖给他。

但是雅格布斯白费了这劲。

"这么说，您是铁心不卖这山猫啰？"临了，雅格布斯皱起了眉头，问。

"打死我，我也不卖！"安德雷奇斩钉截铁地说，"它是我的朋友，我的亲生子，它不是野兽。"

雅格布斯嚓啦一声将椅子推开，直接问老头："睡哪儿？"

"请这边来！"安德雷奇把客人领到了木床边，"这儿干净些。我给你们铺上羊皮袄，再给你们找个垫头的东西。"

老头嘴里拒绝了客人，其实心里着实觉得过意不去。所以他竭力想对客人殷勤些。老人从一堆旧衣服中间找出一张狍子皮，也就是三年前被老大山猫——木尔索克的母亲咬死的那只狍子的皮，这狍子皮挺柔软，揉搓着，手感十分舒服。

安德雷奇把皮张折成两叠，绒毛朝上，放在雅格布斯床头。

第五章　打赌占了上风

雅格布斯在来安德雷奇这里买大山猫之前，曾同上司打赌，说他一定能将大山猫弄到手。眼下在安德雷奇面前碰了壁，就是说，他雅格布斯打赌打输了，他将一无所获。他的自尊心严重地受到挫伤，这下，他怎么也睡不安稳了。

雅格布斯有半辈子在俄罗斯度过。可骨子里还照旧是个地道的美国人。他爱对风险很大、成败难测的事情上跟人打赌，并且不管有多少困难和障碍，他都能把赌打赢了。

雅格布斯在一家附设在娱乐场的野生动物馆里当差。当局管这个野生动物馆叫"动物园"。

两天前，动物园主任把一个传进城来的好消息告诉了雅格布斯：在一个叫安德雷奇的守林人那里，有一只被驯化了的野生大山猫。

"咱们要是能将这只畜生弄到手就好了。"主任补充说，"据说这只大山猫长得非常漂亮，个头也大。它能吸引很多观众到咱们动物园来的，我本想派你去把山猫弄来，又怕你没有把握，听说守林人跟这只大山猫难舍难分。"

"派我去吧，"雅格布斯从烟斗里哧地吸了一口烟，然后悠悠然喷吐出来。

"你会不会白跑一趟啊？"主任冷冷地说。

这大山猫，动物园主任是志在必得。眼下，就是得把这个雅格布斯激将起来，鼓动起来，让他去把大山猫弄来。"这大山猫，就是那个守林老头用一百把锁锁着，你也要给我弄到手！"

"打赌？"美国人提议说。

"上钩了！"主任心里暗自寻思。他于是大声说："先生，仅仅火猛，没有用。人家那是湿柴，你压根儿点不燃。"

"打赌就是啦。"雅格布斯咬死说。

"行啊！"主任耸了耸肩，同意了。

打赌的事就这样敲定了。次日，美国人就动身直奔森林来了。

雅格布斯在木床上翻来覆去睡不着。他在想象着动物园主任明天会以什么样的讽刺和讥笑来迎接他。

"真窝囊！"他双手支撑着爬起来，"这么闷热，简直不让人睡觉！我这就搬外面睡去。"

他抓起皮袄，把狍子皮挟在胳肢窝下，来到了向院子敞着的门廊上。

天空隐隐透出了晨曦，东方徐徐吐露霞光。

"我就强行将大山猫抢走？"雅格布斯心里愁闷，一个劲儿盘算着如何把野兽弄进城去交差。"没有家伙，你能弄得走它？"他嘲笑着自己。

雅格布斯用手掌把狍子皮熨平整，他想重新折叠整齐了做枕头。就在他这一细看之间，他瞅见了兽皮上那被砂弹打穿了的好几个小破洞。

"嘘！"美国人突然响亮地吹了一声口哨——毛皮上本该长角的地方，却没有见到窟窿。"是头母狍子耶！真没有想到！看来老头打的是政府明文禁猎的野兽！"

雅格布斯随手把皮张在手里来回转了几秒钟，他在紧张地拿定一个主意。临了，他猛拍一下额头，大声说道："嘿！这场赌我赢定了！"

随即，雅格布斯一头倒床，甜甜地进入了梦乡。

第二天早晨，美国人拿着狍子皮去找安德雷奇，厉声责问道："哎，您倒是说说，这该叫什么？"

"怎么回事？"老人一下懵了。

"母狍子的皮。您用枪打死了母狍子，这就是霰弹打穿的洞眼！"

"冤枉哪！冤枉哪！天大的冤枉啊！"老人心里深深哀叹着。

他激动得语无伦次，他急于要向客人说清楚：当时，是老山猫怎样从树枝上突然跳到母狍子的背上，他又如何在狍子身上把老山猫一枪结果了性命。

"别解释了！"美国人打断了他的话，"用编出来的故事，您是骗不了我这明眼人的。我要把这张毛皮交给您上司。他们会罚您25卢布，还连带把您的饭碗给敲掉。我一定要把这件事管到底。"

老人觉得，他的两条腿站不稳了。他很清楚，法院对守林人破坏狩猎规矩，其处罚将会是如何的不手软。现在可让他拿什么来证明，霰弹是在狍子被山猫咬死以后，才误落到母狍子身上的呢？

守林人的良心可照日月，他自己知道这30年来他是如何忠于守林人的职守。但是他怎么也不能设想，他的守林人岗位将由一个年轻人来接替。这事不该在他安德雷奇的眼前发生。

"安德雷奇！"雅格布斯大叫一声，"拾掇拾掇您的马匹，咱们上路吧！"

安德雷奇一下跌坐在了凳子上。

美国人冷酷无情地直视着老人，惬意地咂咂地抽着烟斗。

"就这么办！"美国人忽然转身对安德雷奇说，"我给您两分钟时间，您就拿定个主意：或者是您把山猫卖给我，我把狍子皮还给您；或者就让人把您这守林人给撤了！到那时，您还是要跟大山猫分手，带着它，带着这个要伤害牲口的猛兽，没有人会愿意收留您的。两条路，您选择一条吧！"

老人感觉自己被击中了要害。两种出路在他脑袋里暴风雪般地激旋着：卖掉木尔索克么？绝对不行！那还是宁肯丢掉工作。

要是真的落到这一步，木尔索克确实还是保不住的。到时候，老头还将孤身一人，没有他的栖身之地，凄凄苦苦四处流浪……

安德雷奇预感到自己在这世上是待不长了。他知道，抛离这世上唯一算得是自己家产的这幢小木屋，他一个老头是很难过活的。

然而没有办法。

安德雷奇看着美国人一语不发。他进到屋里取出他心爱的猎枪，对着天空放了一枪。

"走吧！"赶马人把两匹马牵到了台阶前。

"喂，老板，"雅格布斯对安德雷奇老人说，"这是收据。我不想白白带走您的野物，拿着这 30 卢布，在这儿签个字。"

"您的钱我不要。"老人心中难受极了。

就在这时，一群鹬鸟惊叫着从林中空地上飞腾起来。

立刻，木尔索克从矮树林里冲了出来。

听到安德雷奇对空鸣枪时，大山猫还在很远的地方，一听到枪声，它就立刻向召唤它的守林人飞奔而来。

它一跑到老人跟前，就直向老人的怀里扑来。

老人一把将大山猫搂在怀里，亲昵地看着它，然后走向铁笼，向木尔索克指着铁笼说："孩子，进里边去！"

大山猫高高兴兴地跳到马车上，挤进了笼子狭窄的门。安德雷奇随后砰一声将门关上，便扭过头去。

"你们可要好好爱护这大山猫啊。"他低声恳切地向美国人祈求说。

"您只管放心得了！"雅格布斯毫不含糊地说，"它会成为我们的宝贝的。您自己也可以来看看它的。"

美国人把动物园的地址告诉了安德雷奇。

老人把马车送到门外。他再三向木尔索克说着道别的话，并要木尔索克安安静静躺着，自己转身回到木屋里。

回到家中，安德雷奇将母狍子皮扔进了火炉，接着坐在火炉前，痛苦地陷入了沉思。

第六章　被囚禁的日子

木尔索克在笼子里安详地打着瞌睡。是它的主人让它安静地躺在这里的。这并不奇怪，木尔索克习惯于在指定的地方，长时间地等待主人安德雷奇的到来。等主人来了，它才出去，到它想去的地方去玩儿。

只是，今天它感觉好生怪异：这两个运送它的人，它并不认识呀。不过这也没有让木尔索克感到什么不安：难道它没有能力用爪子推开这小门，跳出笼子，跑进森林里去吗？它想它完全有这能力的。

快到火车站了。雅格布斯毫不留情地赶着马车飞跑——他担心大山猫在路上弄出什么麻烦来。

当火车隆隆驶近的时候，木尔索克第一次显露出不安的情绪。猛兽哗啦一下站起身，开始警惕地注视围观的人群。它的目光环扫着搜寻着它的主人。

主人遍寻不见。

火车站一阵忙碌之后，雅格布斯被允许把山猫装在行李车厢里运走。在把山猫弄进火车站的过程中，他们对猛兽倍加防范，生怕出事。

火车开动了。钢刹哗啦一声松开，随即列车发出了撞击声。

木尔索克感觉到，这事情不妙。它用爪子敲击了一阵笼子的小门。门推不开。

木尔索克开始暴怒了，它从一个角落跑到另一个角落，举起爪子左挥右打，用牙齿啃咬笼子的铁条。

完全是白费力气。笼子用铁丝密密匝匝围了个严实。木尔索克忽然回过神来——它落入圈套了。

它当即行动起来。它用屁股猛力挤撞围得密密匝匝的笼壁，直到身子发麻。

黑暗中，只见它的双眼燃着怒火。

16个小时过去了，火车来到了城里。喧哗，呐喊，轰鸣。可是喧闹改变不了木尔索克发呆的神情。

美国人雇用了一辆货运大马车，顺顺利利将大山猫运进了动物园。

木尔索克被关进了一只比原来要宽敞得多的新笼子里。它马上就试了一下四壁的虚实，看能否从这里逃出去。

绝望的怒火燃着它的心，狂暴使它的气力骤增了许多倍。但是雅格布斯他们早已周密地计算过笼子四壁的牢固强度：大山猫是无法从牢笼里逃出去的。当狂怒的猛兽在大笼子里奔突的时候，动物园的老板却在一旁欣赏它，因它有这么大的力气、这么非凡的个头和非凡的漂亮而欣喜不已。然后，动物园老板和雅格布斯一起走了。在大门口，他们俩停留了一会儿。这时，大山猫那闻之令他们毛骨悚然的狂吼，一声声、一声声向他们传来。这拖得很长的叫声，从高亢开始，继而转为充满野性的哭泣，再转而为怒嗥，最后以沉闷的哼哼声收尾。

"它在痛哭它失去的自由！"动物园老板笑着说，他挽起雅格布斯的手臂。

两人放心地走出了动物园大门。

像老板和雅格布斯这类人，老早就听惯了野兽没完没了的充满野性的狂叫——它们难以逃脱在囚禁中死去的命运。

铁笼靠墙那一面，横进来一根木头，离地面有两公尺。木尔索克就趴在那木杆上，整日里一动不动。

这天是星期一，动物园不对游客开放。

看守动物的人在铁笼子中间不停地来回忙碌。星期天大规模的游园活动过后，他们正忙着收拾动物园，打扫铁笼，给野兽们喂食。

有人用一根长棒，挑起一块马肉，给笼子里的木尔索克塞进去。

木尔索克纹丝不动。忧郁使它忘记了饥饿。

周围各种各样的动物挤在铁笼子里，有的吼叫，有的斗殴，有的跺脚。更远一点的地方，那用铁丝网隔开的所在，有鸟儿在那儿拍着翅膀，声声哀啼。

第七章 在暗夜里

暗夜来临，看守人离开了动物园。

渐渐地，兽吼声和鸟啼声都听不见了。

天色一黑，木尔索克就站起来。

现在，不再有人用监视的目光盯住它了。它知道没人在看它，因为它的眼睛在暗夜里依然能看清周围的一切，它的耳朵依然能听清周围任何轻微的响动。

绝望感变得麻木了许多。逃跑的念头重又出现。与此同时，它的饥饿感苏醒了。

马肉还在铁栏边的地上扔着。木尔索克在吃它之前，小心地环顾了一下。

左边的笼子关的是狼。狼有五只，有四只像狗一样蜷着身子，安静地在那里睡觉，第五只前脚撑地，静静坐着，两眼漠然地凝视前方。

木尔索克一看就知道，狼们并不在注意它。这就是说，它只管抓起肉，跳到树枝上去吃好了。

这时，右边传来一阵沙沙声。

木尔索克看见，在隔壁笼子里关着一只大花猫，毛茸茸的尾巴拖得很长。

花猫偷偷爬到了放着马肉的栅栏边，它只要伸伸爪子，就能将肉抓到手。

木尔索克的心中怒火炽燃。

一只猛兽与另一只猛兽在一起，天生就不能相挨相容。猫科动物的这种仇恨心理格外强烈。

花猫小心翼翼地从铁栅栏中间伸过爪子来，它的眼睛一眨不眨地直盯着大山猫。

木尔索克纹丝不动。

花猫的视线转移到了马肉上。它的脚爪又往前伸了伸，接着，爪子扣进了马肉里。

木尔索克呼噜一下跳起来。

它的动作是如此敏捷迅速，以至于花猫来不及缩回它的脚爪，就已经遭殃了。

花猫一声尖叫，几乎震聋了木尔索克的耳朵。花猫缩回了爪子。木尔索克眨眼间把肉抓到了自己嘴里，一纵身，跳上了树枝。

那只被抓伤的花猫，怒气冲天地大叫，向栅栏逃去。但是它一头撞在了铁栏杆上，啪嚓一下，摔倒了。

木尔索克觉得，只有笼子中央的位置才是绝对安全的。

大山猫不再去注意气得发狂的对手，自管吃起肉来。

木尔索克的鼻子不是很灵敏。它没能马上闻出腐肉的臭味。肉已经腐烂了，这一点是感觉灵敏的长胡子告诉它的。它用胡子碰了碰马肉，立刻

就十分厌恶地扔在了地上。木尔索克这辈子还没有吃过这样的腐肉哩。

它饿得难受极了。它仔细察看铁笼子里的所有角落，但是找不到一样可以果腹的东西。

木尔索克低低喵呜了一声，尖细中透出忧伤。

就像是对它的回答似的，暗夜中传来了它的邻居们可怕的大笑声和吼叫声。

木尔索克浑身的毛都竖了起来。它的背脊拱成了一座弯弯的桥。

鬣狗那令人恶心的叫声，对于别的动物像是发出的一个信号。

马上，狼在木尔索克旁边站起来。大声嚎叫开了。随即跟上的是胡狼的哭叫声。

对面一排笼子里，熊一只接一只吼叫起来。它们在这座动物园里还不少呢。

从远处传来雕枭可怕的长啸。在吼嚎和鸣叫声的间隙里，能听到粗大的象脚有节奏的踏步声。狮子的咆哮声突然湮没了其他一切声音。野兽们的叫声停止地就像开始那样突然。一下子，整个动物园归于寂静。木尔索克的情绪渐渐平静下来了。

饥饿如火，猛烈地烧灼着它的内脏。

地板下面轻微的嘈杂声，立即吸引了木尔索克的注意。它从树枝上跳下来。它的眼睛直溜溜地盯着地板里的一个小黑洞。

它在紧张的等待中过了一分钟。

黑洞口，一只小动物的眼睛忽闪了一下。又过了一分钟，从地洞里跳出了一只大老鼠，飞快地向马肉冲去。木尔索克迅速伸过爪子。

木尔索克伸出它的天生带有利爪的脚掌——啪。

一只大老鼠根本缓解不了它的饥饿感。所以它得继续抓，它决定不马上把大老鼠撕吃了，而是先把猎物搁一边。

木尔索克又重新凝神注视洞口，耐心地等待着。很快，地底下又传来窸窣声。第二只大老鼠刚刚探出头来，一下，又被利爪攫住了。木尔索克的狩猎活动持续了一个多小时，已经有八只大老鼠躺在它四周了。

第九只从地底下发现了大山猫，瞬间躲了起来。地面下头响起了一大群老鼠急速撤退的声音，接着，一切又归于平静。

木尔索克知道，老鼠们已经远远逃开了。于是，它开始用餐。

东方显出曙色，木尔索克还为自由而干活。它用牙齿咬住栅栏的铁条使劲摇晃。

有一根铁条开始微微松动了。木尔索克拼命晃动这根铁条。显然，这家伙经不住使劲，越来越活动了。

忽然，两排笼子间的沙土走道上传来脚步声。

木尔索克飞速从栅栏上闪开，蹿上了树干。看守员首先来到山猫的笼子跟前察看。

山猫安详地伏在树枝上。它显然是吃饱了；神态也看得出来，它很满足了。

看守员弄不明白眼前的情况，直抓后脑勺。

"肉没有动过，可这家伙像是已经吃饱了……别的野兽刚来这儿的头些日子，都走个不停，急得团团转，这大山猫倒好，满不在乎。准是习惯了这种被关闭的生活。"

第八章 造反

游客一大早就来到动物园。

头一批游客跨进大门来，雅格布斯晨巡已经完毕。他站在大山猫的铁笼子跟前，叫过看守员来，吩咐说："山猫没有吃昨天的肉。你把肉照样留在笼子里。这块肉没有吃掉以前，不许给新的。"

"这肉这会儿就已经臭得……"看守员胆怯地反驳，"大山猫一定是习惯吃新鲜肉的。"

"我说什么，你照办就是！"美国人发脾气了，"要是都用新鲜肉喂野兽，动物园经营一个月就得关门。"

看守员不敢再吭声了。他不得不听雅格布斯的，美国人是动物园老板的亲信和助手呀。

这时有一群小学生来到大山猫笼子跟前。

一位戴夹鼻眼镜的胖教师把草帽拿在手里，很有礼貌地问雅格布斯说："请你告诉我们，这野兽是不久以前才抓到的吧？"

"对呀。它是昨天才运到的。"

"孩子们，这是不难看出来的！你们瞧，它的样子多么凶，多么蛮，透着一股子野气，它简直能用眼睛把我们大家都吞吃了呢。"

教师说得不错：木尔索克时时保持着警惕，它的眼睛恶狠狠地注视着参观人的每一个动作。

短短两天工夫，它发生了很大变化。木尔索克同安德雷奇在一起那会儿，

它对人并不这样心燃敌火。铁笼子关出了它的野性。现在，它又返回到它祖祖辈辈在昏暗密林里出没的那副猛兽模样。

"这是大山猫。"教师接着说，"是我们北地森林里的一种猎豹类野兽。它在俄罗斯、欧洲地区和西伯利亚原始森林里活动。在西欧那些工业文明发达的国家，这种习惯于攻击的猛兽，早已被猎杀完了。譬如在德国，最后一只大山猫被打死，是在19世纪中期。"

"人们要打死它们，是因为它们要攻击人吗？"一个小女孩问。

"嗯，也许只有受了伤的大山猫才会主动咬人。"

"这是什么动物？"一个男孩指着关在隔壁笼子里的花点斑大猫问。

"这是金钱豹，一种猎豹类动物。"教师说，"在非洲和南亚生长繁殖。"

"那么大山猫和金钱豹相比，哪一个要更厉害些呢？"另一个男孩问。

教师还来不及回答男孩的问题呢，有一个女孩指着豹子问了起来："你们看哪，它脚爪上全是血！"

雅格布斯很快来到笼子跟前。

"您照管动物也太马虎了！"他严厉地对看守员说，"您夜间要加强巡查。大山猫和豹子昨天夜里肯定打架了。大山猫不安分，您就少给它肉吃。"

新的一批客人来到了。他们围着大山猫看来看去，尽量想逗它发怒。男孩子们向它扔砂子。木尔索克整天都像坐在针毡上似的。

天一黑，它又去摇晃那笼子的铁条。

日子一天天过去。铁条下面的一端还牢牢固定在石头里。

木尔索克沮丧极了。

大老鼠学会了谨慎，它们再也不钻出来了。长时间的饥饿，迫使木尔索克不得不去吃腐臭的马肉。可惜连臭肉也吃不饱。它的肋骨明显从浓密的皮毛下凸露出来。

白天，木尔索克对一切似乎都漠不关心，游园人怎么逗引，它就是不发怒；它只管趴在树枝上一动不动。不过一到夜间，它就活跃起来。

它几下子就将肉吃完，随即马上去拆栏杆。它用牙齿去啃那根已经松动的铁条，一连几个小时不歇地摇晃。看守员们谁也没有发现大山猫的造反举动。因为这根松动的铁条藏在笼子的暗角里，看守员们都注意不到。

说来也快，木尔索克被关进来已经有两个多月了。它觉得很快能挣脱这铁笼的束缚，获得自由了。

铁条完全松动了。再用力撞几下，它就能从地面下的石槽里滑拖出来了。

这事发生在一个早晨的拂晓时分。又有人出现了。

木尔索克早就学会了忍耐。它又爬回到那根树枝上去。

这天，动物园里游人特别的多。

动物园老板早就在报上登了广告，说最近一两天将从非洲运来一只黑猩猩。黑猩猩果真运来了。

这是一只母猩猩。

它那没断奶的孩子还留在原来的非洲森林里。

一路上，它都被牢牢捆绑着。把它放进宽敞的笼子时，捆它的绳子才被解掉。

黑猩猩知道，逃出铁笼子是根本不可能了。它狂怒地扑打着笼壁，咬扯铁条，声声哀鸣不止，拳头不停捶打自己的胸口。

当这些都不起作用的时候，黑猩猩陷入了极度的绝望。它坐到地上，

用双手抓住自己的头发直摇晃。最后，它嘶哑的嚎叫转为无力的哭泣。

游客们纷纷离开了它的笼子。

而野兽们开始叫嚷起来。

胡狼呜咽着，像小孩一样哭泣；鬣狗的嚎叫声听起来声音嘘嘘嘘的，很怪；黑熊和狼在自己的笼子里烦躁不安地直走动。

野兽们的嚎叫汇合起来，其声音之响，盖过了狮子的声声咆哮。

雅格布斯感觉到情形反常，就派了一名看守员去取了枪来，派另一个看守员去叫消防队。在这之前，动物园里还没有发生过所有野兽同时骚乱的事。

鸟儿的尖叫声异常刺耳。

大象高高地昂起它的长鼻子。像吹喇叭似的，发出了狂暴的吼声。

往日天天趴伏在树杈上的大山猫，这时频频扑击着铁笼的栏杆。雅格布斯发现有一根铁条在大山猫不停地扑击下，已经晃动得厉害了。

看守员气喘吁吁地跑来，把枪递给了美国人。

雅格布斯慌忙向木尔索克走去。四面八方，远远近近，在所有的铁笼子里，充满血丝的眼睛全都带着仇恨，闪闪发光。

这时，美国人背后传来了一声看守员的惊叫。

美国人很快转过身来。他看见一只白熊咔嚓一声，推开了铁笼破裂的小门。

白熊硕大的身躯咣当一声笨重地跌了出来。

瞬间，大白熊嚎叫着挥动前爪，直立起来，跨步向美国人逼近。

美国人知道，这个怒气冲天的怪物一扑过来，就必以霹雳之势将他按倒在地。

他举起了枪。

枪口的准星不停地跳动，怎么也对不准瞄准器上的缺口。

雅格布斯胡乱地把枪膛里的五发子弹啪、啪、啪全都放了出去。

白熊的狂叫声戛然消失，它的身子摇晃了一下，扑通一声，跌倒在地上。

雅格布斯不管白熊已经倒下，他接着马上往枪膛里又压进了一夹子弹。

"大山猫！"他对看守员喊道，"有一根铁条晃动了。"

看守员跑到木尔索克的笼子跟前。

木尔索克用最快的速度、拼出全身力气从树杈上跳下来，向栅栏奔去。铁条弯曲了，从石槽中滑了出来。

看守员惊慌地大叫一声。

山猫的头钻出了铁笼。

"快开枪！"看守员高声叫道，自己转身向后逃跑。

就在这千钧一发的时刻，一股强大的水流射到了大山猫的眼睛里。

大山猫只觉得两眼昏花，惊恐万状，从栅栏往后退却。

水龙头里射出来的水柱把它扫倒在地上。消防队员赶紧搬来一个轻便的铁笼子，接在了有缺口的栅栏边。出口被堵住了。水龙头转向了别的野生动物。所有的铁笼子里都灌满了水。

突然受惊的动物们，纷纷躲到笼子角落里去。

第九章 见面

安德雷奇失去了大山猫这个忠实的伙伴，日子过得非常沉重。老人的健康状况完全不行了，他的身体垮了，连挪个步都很吃力了。

那个美国人带走了他的木尔索克，已经有三个月了。北方的严寒渐渐到来了。

"看来，我的死期到了。"安德雷奇寻思着，"在我的生命终结之前，我得最后一次去看看我的伙伴。就是死在关着大山猫的动物园里，也行。"

老头于是请了假，真的出发去看老伙伴了。

安德雷奇在守林木屋里待了30年，他习惯了林中生活。进到城里简直是两眼一抹黑，吃足了苦头。费了好大劲儿，才好不容易找到动物园。

老人在门口买了门票，进去找他的木尔索克。首先见到的是一些鸟笼子。

一个角落里，在铁丝编成的高大笼子里，安德雷奇看见了一只他不曾见过的大鸟。

大鸟蹲在一根枯木杆上，带勾嘴的脑袋，秃颈长长的，整个儿瑟缩成一团。它的翅膀竖起在它的脑袋上，像是想用翅膀把四周的一切都遮挡住。

"兀鹰"——安德雷奇在悬挂在笼子上的说明牌上读出了这种鸟的名称。"你在这里一定憋闷得慌吧。你是惯于在云霄间翱翔的鸟呀。"

接着，他看见水池里有形形色色的鸟儿在游动，这里有野鸭，有天鹅，有海鸥。在池子一边，他看见一只脚杆儿长长的仙鹤，步履沉稳地来回走动。池子的另一边，有一些个头小小的鹬鸟在颠儿颠儿地跑动。

安德雷奇一下就注意到了，这池子上空没有用铁丝网蒙起来。

"这些野生禽鸟都该被驯养了。"他想，"不过它们为什么也不快乐呢？"

有一只海鸥从水面飞起来，翅膀啪啪地在空中扇动。

老人急忙回过身。他看见一大群鸟儿，有金翅雀，有红胸雀，有小黄雀，还有一些其他的小鸟，在大笼子里飞动。

它们有的唱，有的叫，不停地从这根树枝飞到那根树枝，躁动不安。

只有一只红胸雀蹲在一只小笼子里，里头有一个小食槽。它的羽毛全往下耷拉着。

安德雷奇细看了一阵这只红胸雀，直是摇头。

"听着，孩子，"他对站在笼子边的一个看守员说，"这只蹲在食槽边的小鸟，它这么无精打采地叫，准是病了，你们得把它放出来。你瞧，它闭上眼睛了。活不到明天了。"

"我们自己知道！"看守员很不客气地说，"用不着我们伤心。那边，"看守员用脑袋指了指笼子方向，"有专门的防疫染人员。他们会给治的。"

安德雷奇莫名其妙地看了看笼子那边，看守员说的防疫人员是什么样儿的。

突然，他看到远处角落里，从洞口跳出一只大老鼠来穿过笼子地面，钻进了另一个洞里。马上，又有第二只大老鼠探出脑袋来，闻了闻，往后缩了回去，一根长长的尾巴在洞外闪了一下。

老人浑身抖颤了一下，赶紧走开了。

在他眼前延伸着一排关着松鼠、兔子和狐狸的笼子。

老人不认得这些他本来很熟悉的野生动物了。他习惯看到它们在树荫

里、在草丛间，活蹦乱跳的、机敏灵捷的样子。这些蹲在笼子里的动物只配做它们的标本了。瞧，一个个呆头呆脑、没精打采，动作全都迟钝了，对周围的一切失去了兴趣。

一群人站在褐熊的笼子旁边。

一只褐熊坐在笼子边上，把两条腿垂挂在外面，用前爪抓住铁笼子上的铁条。安德雷奇从熊的眼睛里看到了苦闷。他赶忙把目光从它的眼睛上移开。

他惴惴不安地用眼睛搜寻着木尔索克。

一个教师模样的女子向一群孩子指着一头胖脑袋公牛，因松弛而发皱的毛皮上，长满了病癣。她说话的声音传到安德雷奇的耳朵里。

"这是产在欧洲的一种很特别的牛，"这个女子说，"它从来不躺下来。它怕一躺倒，就再也站不起来。它要睡觉的时候，就身子靠墙。一边靠累了，又换另一边，然后继续睡。"

安德雷奇越看越听，心里越难受。三十年来，他还从来没见过一只野生动物可以衰朽得不成样子的。这里所有的走兽，所有的禽鸟都不是在生活——这么关着受活罪，它们浑身充满劲与力的时候，能跑能跳能奔能窜的生命岁月，却被这样终日无所事事的日子所代替！它们将被这样在长久的折磨中死去。当他想到他的木尔索克，也将是如此在折磨中丧命的时候，他不由得不寒而栗。它还会认得它的主人吗？现在它可能会把所有的人都当成是它的仇敌了。

一批游客拥塞在豹笼边的通道上。

安德雷奇从人们的帽子上头望去，他看见了一个动物脑袋：耳朵上长有一撮黑毛，唇边向两侧冲开长长的胡须。

老人顿时激动起来。他从人缝里挤过去，但是人们又将他推搡回来。

他一下不知怎么办好，他不得不从隔开人与动物的矮木栅上头爬了进去。游客中，有人惊恐地对他叫了一声："老大爷，小心哪！"

已经晚了：老人已经把他的脸颊贴在了笼子的铁栏杆上。

观众都倒吸了一口冷气，脱口"啊"了一声：大山猫跳着扑向了老人。

这时，人们却看到了意想不到的情景：大山猫伸出舌头舔了舔老头的嘴唇，高兴地发出呼噜呼噜的声音。

"孩子，你认出我是谁了。"安德雷奇喃喃说道，他把周围的一切全忘记了。"你还记得我，亲爱的！"

他把双手伸进铁栏杆，抚摸着山猫形销骨立的脊背。

观众立刻狂欢起来。

"哟，老大爷，真有他的！看来，这只大山猫过去是他养的。瞧，它像狗一样聪明！能把主人一下给认出来！"

"请都散开！"突然，观众背后突然传来一声刺耳的怪叫，"老公民，请你立即从栅栏里出来。"

安德雷奇转过身去，木尔索克在他的背后可怕地咆哮起来。

在老人面前站着雅格布斯。他生气地紧皱双眉。

"先生，允许我向我的儿子道个别吧！"老人胆怯地请求说。

"我这不是跟您说了吗，让您出来！"美国人嚷了起来，"擅自爬进兽笼是不允许的。"

"可是野兽并不伤害他呀。"观众中有人为他辩护说。

"看守员！"雅格布斯放声叫道，"简直不像话，您怎么能容忍这种事情发生呢？赶快把老头给拽出来！"

"我出来，我出来！"安德雷奇忙站起来，他又一次伸手抚摸了一下木尔索克瘦巴巴的肋骨，这才吃力地爬出了栅栏。

观众都上前去帮助老人，你一句我一句地指责起雅格布斯来。

安德雷奇怕事情闹大了，赶紧从笼子边离开。木尔索克咆哮着，它拼命想冲出笼子来，跟随老人走。

安德雷奇想要躲开游客们好心的盘问，他没能做到——他被围住了。

游客们有的问他，你是什么地方捉的山猫；你养了它多久；为什么大山猫会那么喜欢你，等等，没完没了。

过了半个多小时，安德雷奇终于得以摆脱那些好奇的游客，转到兽笼背后那条又臭又窄的过道上来。

安德雷奇疲倦极了，他斜靠在墙上，脑袋里嗡嗡嗡的一片吵嚷声。

老人回想起了在动物园里见到的一切。他愿意出哪怕更多些的钱，将大山猫赎回去。但是安德雷奇意识到这是不可能的——这到手的好处，新主人们是决不会轻易放弃的。

老人的心被绝望所攫住：还得让木尔索克留在这儿受苦！

这条过道昏暗而又僻静。安德雷奇不由得他不侧耳倾听——他还能再一次听到木尔索克的声音吗？

他开始听到些许尖细的、悲哀的喵呜声。这叫声从很近的地方传来，显然木尔索克就在近旁。

安德雷奇往墙上看了一眼。他发现墙上嵌着一道铁门，门上有一个铁门闩。

"这是它的笼子！"老人想象着，"大山猫就在这里。"

一个突然出现的念头，在他脑子里闪过。要是拔开这个门闩，木尔索克就能获得自由。

这会儿，惶恐使他的心直发紧。

"要是被人抓住了，可怎么办？那时，我和大山猫两个就都没好下场。"

墙后边传来大山猫忧郁的喵呜声。

"豁出去啦！"安德雷奇拿定了主意。"对动物没有同情心的人，是算不得一个人的。我不能斤斤计较自己的得失了。"

老人伸手一使劲，猛然拉开门闩。铁家伙叮当响了一声，一个沉甸甸的螺丝掉落到了地上。

安德雷奇惊惶地回头看了一眼。

雅格布斯大步流星地从过道上走过。

安德雷奇急忙从通道的另一端走了出去。动物园的院子开阔明亮。管弦乐队高亢的演奏声传向四方。游人们在"美洲山"上哗然喧叫，闹声震天。

安德雷奇急匆匆向门口走去。他仿佛觉得雅格布斯在后面追赶他，所以他连回头看一眼都不敢。

他心乱如麻。

"他们会猜到这铁门是谁打开的吗？要是木尔索克在这时追上我，那该怎么办？大山猫出来会被他们开枪打死的！要是看守员比大山猫先发现螺丝钉被取掉了，又会怎么样呢？"

最让他担心的是最后这个想法。他最担心的是木尔索克逃不出来。安

德雷奇不禁又想起了木尔索克那瘦骨嶙峋的胸肋，想起了黑熊那双愁惨的小眼睛。

激荡翻涌的强烈怜悯，抓住了老人的心。

"只要木尔索克能跑出来，我就豁出去了！"

老人快到火车站了，已经离开木尔索克很远了，心里还一个劲儿地在那里念叨着："对动物没有同情心的人，是算不得一个人的！"

第十章 冤家相逢

安德雷奇在动物园里出现的第二天早上，雅格布斯很早就起来了。

他习惯于每天上班以前，用小口径步枪进行射击练习。

他就住动物园近旁。他房子的后墙对着一片荒地。

荒地上有一个大水洼，还有一个扔着废物的垃圾场。鸽子、乌鸦常常飞来这里。雅格布斯从阁楼上向它们射击。

"要想弹不虚发，那就得天天练枪法。"他说，"还必须是天天打活靶子。"

这天早晨，雅格布斯很快穿好衣服，抓起枪，上了阁楼。

雅格布斯从到动物园那天起，就想练得一手好枪法。他知道，要想在熊突出铁笼以后，自己还安然无恙，不受威胁，那么就得两颗子弹结果了熊。

这天早上，雅格布斯很快穿好衣服，抓起枪，上了阁楼。

阁楼里黑乎乎的。屋顶的缝隙间漏进来几缕阳光，灰灰的，也不很亮。

雅格布斯先生走到一个豁口，往外眺望了一眼。

下边，在垃圾堆上，在水洼边蹲着一群鸽子。鸽子们全没有发觉有人拿着枪，要向它们射击。

雅格布斯蹑手蹑脚、胸有成竹地向其中的一只鸽子开了一枪。

鸽子受伤了，它跳了几跳，从陡峭的垃圾堆上滚了下去。一群鸽子飞了起来，它们看看周围没有人，又重新飞落到了地上。

雅格布斯的枪口又对准了一只鸽子。

就在这时，他的后边传来了窸窸窣窣的声响。

他回身过去看。

他觉得，恍惚有两只闪闪发光的眼睛，直盯着他的背影。他刚扭过头去，这双眼睛立刻不见了。

"小猫！"雅格布斯心里嘀咕。

他重又举起枪来瞄准鸽子。

但是，那双在背后盯着他看的眼睛，总让他感到不愉快。因此，他总不能把注意力集中到瞄准目标上去。

"滚开！"他向着暗角提高嗓门，呵斥了一声。

楼角又传来窸窸窣窣的声音。

刹那间，雅格布斯在黑不溜秋的拱顶下面，发现有两只闪闪发光的眼睛。然后又什么都不见了。

美国人说道："你等着吧，我把你从那里打下来！"

他的眼睛已经习惯了阁楼上的昏暗。他认出来了，就在刚才神秘的眼睛闪光的地方，一只叠一只码着空箱子。

雅格布斯调转枪口，对着一只箱子胡乱开了一枪。

一只空箱子从高处哗啦啦倒落在地板上。

大山猫的脑袋和白白生生的胸脯，在房顶漏下的亮光中闪了一下。

雅格布斯居然还来得及又开了一枪。一粒子弹刀一样将大山猫的尾巴尖尖给砍掉了。

紧接着，大山猫沉重的身躯陡然撞到这个射手胸口上。他倒下了。

他的步枪咚一下摔在地板上。阁楼上一片沉寂。过了半分钟，大山猫从一条狭长的缝隙里挤了出来，跳上屋顶，它在房屋的拐角后头消失了。

木尔索克回头看了看。

它身后是一大片荒地。荒地以外，就是望不到边的屋顶，是一条条陷落在屋顶的马路。

没有别的选择，它无论如何得躲开那些无遮无拦的不利地形。

木尔索克跑到屋顶的尽头处，吱溜一下，蹿到地面，随即又跳上另一幢房子，接着，又跳上第三幢房子——就这样直跳到城中心的街道上。

街上出现了行人。

工人们赶去上班。有一个过路人偶然抬头，不由得吃惊地叫了起来："瞧啊，这猫好大哟！"

木尔索克躲到烟囱后面去。

这时，动物园里的看守员发现大山猫不见了，立即惊慌起来。他发誓说，昨天晚上还检查过两遍的，那会儿所有动物全都一只不少的。

他哪里知道，天快亮那阵，木尔索克无意中靠到后面那扇门上，不料，出乎它意外地，它的身子将门推开了，于是，它来到了笼子后面狭窄的过道上。

没有一个人看到大山猫是怎样小心翼翼地穿过动物园，越过了高高的围墙，爬上它碰见的第一幢房子，然后躲在阁楼的空箱子里，在那里遇见了它的死对头。

第十一章 恐惧

当胖教师走出学校坐上电车，时间已是三点半了。

他刚刚给孩子们介绍过出没在原始大森林里的种种凶兽，他把狩猎的场面描绘得生动逼真，活灵活现，班上的男生当即决定：毕业后到大森林里去探险。

现在，胖教师乘上电车回家，他觉得连他自己都愿意去大森林，无论是遇上熊或老虎，都能体验一番惊险的场面。

电车停在第一站时，车厢里闯进来一个卖报的孩子。他晃动折叠着的报纸，叫道："晚报晚报！晚报嘞！猛兽咬死人啦！野兽还在城里游荡。奉劝大家，别上阁楼！"

"先生！"他突然对教师说，"买张报纸吧，你的生命在危险中！"

"什么？你胡说什么？"胖教师跳起来，"给我一张报纸！"

报纸头版，大字体的标题赫然在目：

"昨夜大山猫逃出动物园笼子。动物园附近一幢房子阁楼上

发现该园工作人员一具横在血泊中的尸体。杀人猛兽尚未捕获。"

报纸同时还刊载文章,详尽介绍山猫外形和它的习性,对它的气力、灵捷和极端的凶残性都做了描述。

根据这篇文章的观点,大山猫比老虎、狮子,比所有猛兽都要凶险。

文章的结尾说:

"不管什么野兽,只要有一次尝到过人血滋味,它就会渐渐失去对人的恐惧,从而变成吃人的野兽。

我们不想增加城市的惊慌气氛,但是不能不提醒全市居民,千万不要同大山猫相遇,尤其是不要走进黑暗的阁楼。

当局已经采取了一切措施。我们相信,尽管大山猫具有安全躲过有经验猎人追捕的出色本领,但在近期内,定能将它捕获或击毙。"

胖教师放下报纸,取下夹鼻眼镜,擦掉头上淋漓的冷汗。他再也不想到森林里去探险了。

他记起一个多月前,在动物园见到大山猫的情景。

这家伙关在笼子里都那么可怕,要是在街头碰见它,那会怎样哩?胖教师身上起了一层鸡皮疙瘩。

他决定在没有获悉大山猫就擒以前,只待在家里,什么地方也不去。他家里挂着一杆猎枪,夏天他用这支枪打过松鸡和鹌鹑。他得把枪装上子弹,如果大山猫闯进他住宅，他就用枪进行自卫。

电车行驶了十分钟，胖教师到站了。

他一路上不停向屋顶眺望，直到家门口。

他家对面，在那街心花园的一角，站着一堆人。一个穿的破破烂烂的矮胖家伙，吹牛说什么大山猫见他也不会扑过来咬他的，猛兽只会咬高个子和瘦个子的。

胖教师一听，心里放松了几分。

他走进家门，上楼以前，他站在楼梯脚往上观察了好一阵。他的房间在三楼，正好在屋顶底下。

他拿钥匙把门打开，动作比任何一次都快。

他终于回到了家里了！他查看了一遍所有门上的所有插销，这才坐下来用晚餐。

用过晚餐，胖教师擦干净夹鼻眼镜，他坐在正对着窗子的沙发椅上。把装好子弹的猎枪靠在身旁。

现在，胖子感觉自己胆子大了点，他打开气窗，留神倾听大街上传来的声音。

"号外号外！号外啰！"从大街拐角处传来一个卖报少年的声音，"大山猫还没有抓到！"

大街上行人稀少。

赶马车的挥动鞭子，抽着瘦马，慌忙赶车。他不住抬头往上面望望，看高处有没有大山猫。

不一会儿，街上就全无人影了。

突然，一只白猫穿越街道，溜进了街心花园。随后，一头灰色的大兽大步跟着走过。

不等胖教师回过神来，两样动物都已转眼不见。

他猛一下从沙发上跳起来，跑到电话机前，用手指猛敲电话机字盘。

"喂，是值班员吗？你是警察分局的局长吗？喂喂！你是值班的？大山猫！在街心花园里！在追一只家猫！就是现在！别忙，等一等，请记下我的名字：报告人——教师特鲁西科夫。"

"对，对，报告完了！"

胖教师挂上听筒，又跑到窗口，往外望。

五分钟后，赶来一队带枪的武装人员。他们一字排开，把街心花园团团包围起来。

胖教师趴在窗口。他见这些警察正按照指挥官的信号，在树丛间缓缓挪动，他们端着枪，随时准备开枪。

特鲁西科夫很满意，大山猫被包围了。这家伙将被活活打死。人们将从报纸上知道，就是他，特鲁西科夫，从可怕的吃人野兽利爪之下拯救了城市。

第十二章 在河上

这是一个深秋的夜晚，大河边的石岸上，坐着两个流浪汉……

中天明月朗照着他们褴褛的衣衫；但是他们都戴着遮阳帽，从上方撒下的月光照不出他们的脸形。

他们阴一句阳一句地说着话，打发这漫漫长夜。

"你傻笑什么？"那个盘着木棍般长腿的流浪汉问。

"我想起了昨天围剿大山猫的事来了。"矮胖子回答说。

接着，他就自己说了起来。

"昨天中午时分，我走进一个街心花园。我找了个树荫浓密的地方，坐在一条长凳上，坐着坐着就打了个眯盹。"

"我醒过来——这是怎么回事！一排武装警察，斜端着步枪，一步一步向前搜索，他们的双眼直盯着树梢看。"

"我仰头朝树上一瞅——哦哟哟！就在我的头顶上，蹲着一个灰不溜秋的大家伙。我一眼就认出来：这就是大山猫，从铁笼里冲出来的大山猫！它的照片我在报纸上见过。"

"'哎嘿，'我寻思着，'朋友，他们正抓你呢。'"

"这时，刚巧一个警察走到我面前。问我：'看见一只野兽了吗？'"

"我说：'什么呀，哪有这么巧，让我见了！'"

"他走开了。我上边那树蓬他竟没有看。我仰起头：大山猫蹲在树枝上，一动不动，双眼眯缝着。"

"我给它使了个眼色，意思是对它说：'哎，亲爱的朋友，咱们把警察给蒙过去了！我说，真走运，他们没有抓住你！嗨，赶快离开街心花园吧。'"

"现在查明，这大山猫是有人从笼子里放跑的。听说，三天前，一个乡下来的老头来看过它。来找它的这个老头叫什么安德雷奇来着。"

这个流浪汉不说了，另一个也没有问。于是就默然了。

街上有一条狗汪汪叫起来，打破了沉寂。

"这声音听起来，像是在追猎狐狸呢。"长脚说。

吠叫声还在持续着。

这会儿，流浪汉们已经清楚地听到狗追逐猎物的声音，尖细的吠声一会儿高一会儿低，婉转有致。

"嗨，真的，这是狗在追逐猎物呀！"短腿流浪汉惊讶地说。

他说着转身往街上看，忽然，他一把抓住了伙伴的手。

"这大山猫会飞哩，狗抓不到它的！大山猫本事大着呢！"

流浪汉们看见，一只野兽在路灯的黑影里，悄然无声地跑着。长长的街道尽头，跳出一只守夜狗。

流浪汉手足无措，没想好该怎么对付，大山猫已经来到百步开外，只见它一掠而过，扑通一声跳进了河里。

"小船！"长腿瘦子急中生智。"你看，小船停在驳船边，咱们捉住大山猫就能得奖啰。"

他们拔腿向驳船跑去。

守夜狗撵到河边，在岸上急得团团转。

眨眼间，两个流浪汉来到了小船上。

"砍断缆绳！"长腿瘦子命令说，他从划手座位下抽出了船桨。

短腿胖子一刀割断绳子，小船荡离河岸，顺流漂去。

大山猫的脑袋，在洒满月光的波浪里时隐时现。

"这桨怎么划不快呀？"短腿胖子又慌又急，把船篙也翻倒，当桨划起来。

"船篙划快点！咱们快追上了！"

岸上的狗找不到猎物的足迹和气息，失望地吠叫着，沿岸没命地飞跑。

在月光粼粼的河浪间，忽闪了一下大山猫的脑袋。

流浪汉们拼命划船。

约摸过了五分钟，短腿胖子扭头对伙伴说："快追上了！"

大山猫就在小船前面打了个响鼻。

"把船头横过来！"长腿瘦子命令说，"我用船桨劈它。"

短腿胖子不听他的，他想独个儿打死大山猫。他用船篙向脑袋凫出水面的大山猫打去，但打歪了。

长腿瘦子从船尾跳到船头，他推开同伙，高高举起了船桨，向大山猫的脑袋砍去。

山猫就在离船不远的水面游着。

长腿高高举桨向大山猫猛劈下去。

大山猫脑袋一躲闪，避开了。

长腿的船桨劈在水面上，吧嗒一下，从手里滑了开去。

"把篙给我！"长腿吼了一句。

短腿举篙照准大山猫的脖子，像掷镖枪似的，向大山猫掷过去。

就在这一瞬间，山猫的大半个身子露出了水面。

长篙飞落在大山猫的身旁。大山猫的前爪搭到了船舷。

跳起——木尔索克跃到了船上。

"跳水！"长腿瘦子拼命大叫一声，翻身下了河。

短腿胖子的动作比他快，他早已在水里了。

尽管河水冰冷刺骨，可还是觉得比在船上要好多了——船上那张牙舞爪的大山猫太可怕了！

不幸中的万幸，他们离河岸并不很远。

几分钟以后，两个流浪汉连连抱怨，哼哧哼哧爬上了河岸。水像无数条小河似的，从他们身上淌了下来。

小船载着木尔索克漂远了。

🌿 第十三章 指南针和电报器 🌿

水流很快将载着木尔索克的小船送到了郊外。大山猫不想再跳到冰冷的河水里去了。像所有猫科动物一样，大山猫在水里也受不了，它跳到河里是万不得已的。

天渐渐放亮了。

木尔索克面前漂过村舍、密林和田野。

接着，河水来了个急转弯。

船被冲到了河岸边。

这里，沙岸上引伸着一带松林。

木尔索克跃身跳到水里，一下就爬上了岸。

这片松林长得稀稀疏疏的，并且没有矮树林。大山猫很难在这里藏身。

松林尽管稀些，可仍是一片地道的森林，木尔索克自从离开安德雷奇的守林木屋以来，这还是第一次感受到自己回归大自然的自在。

木尔索克的眼睛迸射出明亮的光辉。

它脚步轻捷，飞快向前跑动。它很想吃东西了，并且感到强烈的疲乏，然而现在还不是休息的时候。它全然顾不上从它身边飞起的小鸟。要捕食它们，是需要有耐心的。它得尽快钻进密林里去。

木尔索克只在碰上横穿小路的老鼠时顺便捉住它，边跑边将它吃进了肚里。

森林向山下延伸。前头是枞树林和白桦树林。树林茂密起来。脚下柔软的青苔，厚厚的，跑起来悄然无声。

木尔索克认准一个目标，心无旁骛地向前跑去。

大山猫它自己并不清楚，自己是在往哪儿跑，但它胸中有一个指南针，在指引着它奔跑的方向。

这无形的指南针告诉它：在东北方向，在100多公里的远方，有幢安德雷奇老人的小木屋，有一大片它熟悉的黑森森的密林。在它山猫同目标之间，横亘着一片片森林，一条条河流，一个个村庄。

太阳高高挂在树梢上。木尔索克在密林中艰难地奔跑着。

最后，它选定在一棵大枞树下的干燥地，歇了下来。它用肚子把青苔和落叶揉了揉，躺下，蜷成一团，不一会儿就睡着了。

它这一睡，睡了两个小时。

空中飘旋起了雪花。

森林里一片寂静。只有小个儿的凤头麦鸡，在枞树树梢上吱吱叫个不停，还有小山雀在树枝间，同它啾啾地唱和。

大山猫酣睡不醒。

两个猎人小心翼翼，悄悄穿过了森林。他们没有带狗——狗一靠近猎物，就会汪汪叫起来，给野兽通报消息。他们不声不响地拨开树枝，他们知道这种日子里，随时随处都可能从密林里跳出野兔来，或扑拉拉飞起一只大雷鸟来。甜甜的酣梦妨碍了大山猫木尔索克，使它的耳朵不能及时捕捉住猎人由远而近的脚步声。它的耳朵本来是灵得能及时听见哪怕很细微的声音的，就像是收音机捕捉住电波轻微的震动一样。

木尔索克的耳朵转向了猎人走来的方向。它的眼睛睁开了。

木尔索克知道两个人正向它走近，一个从右边来，一个从左边来。它得拿定主意，是往前跑，还是趴着在原地不动。

要是它一跑，猎人马上就发现它了。

木尔索克钻进了绵厚的青苔里。

猎人就从它两侧经过，他们两人之间大约相隔 30 步距离，他们没有发现他们两人之间，有一个大野兽趴着。

有一个猎人停了下来。

"过来！"他低声向另一个猎人叫了一声，"咱们抽根烟，休息一下。这地方连个鬼都不见。"

木尔索克徐徐站起来。

它皮下的肌肉鼓胀起来。这时它听见了猎人停步的声音，它在那里等着他们向它靠近。

"等等！"另一个猎人回答说，"咱们到空地上再抽吧，在这密林里，处处都可能有什么在等着咱们呢。"

"哦，也行。"

于是，两个又接着往前走去。

它皮下的肌肉又松弛开去。它竖起耳朵倾听着，直到猎人渐渐走远，直到什么动静也没有。然后，它又趴下来，重又沉入梦乡。

小松鼠从树梢遛到罗汉松上，它从高处的树枝跳到低处的树枝，忽然看见了趴在树下的大山猫。

松鼠呆住不动了。它怕自己一有不慎，就将命送在大猛兽的爪下。它蓬松的红尾巴紧贴着脊背，而双眼一眨不眨地盯着可怕的猛兽。

但是大猛兽纹丝不动。

一分钟过去了，两分钟过去了，三分钟过去了。

松鼠这样同一个姿势蹲着，实在受不了了。它不再那么害怕。

松鼠一下蹦起来，飞快地吱溜爬上了树。

在高高的树枝上，松鼠有了足够的安全感，它又开始好奇地打量下面这陌生的庞然大物。

庞然大物还是像刚才那样，一动不动地躺着。

松鼠的好奇心越来越强。

它又从树顶上遛了下来，蹲在枞树的一根低枝上。

松鼠怎么也弄不明白，这野兽是在睡觉，还是死了呢？

庞然大物也许是在假装睡觉。松鼠生气地摇起毛茸茸的大尾巴来。这野兽的脸上哪怕有一根胡须微微颤动一下，它也会即刻转身逃回树上去的。

然而大山猫依然纹丝不动。

这家伙显然是死了。

好奇的松鼠小小心心顺树干爬到地面，它不放心，尽量同这死去的敌人保持较远的距离。

大山猫的双眼闭得严严的。

松鼠在地上笨拙地跳了几步，它来到这个死家伙跟前，放下短小的前爪，伸出胡子长长的小嘴巴，小心地嗅着大山猫。大山猫的两排牙齿只闪了一下——松鼠的骨头在山猫嘴里，咔嚓咔嚓，成了它的点心。

木尔索克的听觉像电报器那样灵敏，纵然是闭着眼睛，它收听到的情报也错不了。

木尔索克又按照它选定的方向，起身上路。

第十四章 可怕的骑士

三天时间，木尔索克就几乎不停地往前走。

它频繁地经过村落和田野。它绕着开阔地走，因为宽敞的地带容易被人发现。

路上，它不得不忍饥挨饿。第三日晚间，当它走到一片人迹罕至的森林，它一下感到焕发了精神，浑身有了力气。

黑暗中，木尔索克上了一条野兽走出的小道。密林中蜿蜒的小路通向一个沼泽，夏天，这里是狍子和其他野兽前来饮水解渴的所在。

这里能猎到大些的野物。

有一个地方，一棵树的根一半已经从地里拔出来，所以树干就斜倾在小路上方。

木尔索克爬上树，蹲伏着守候野物的到来。

夜又黑又冷。地面上覆上一层浓霜。

大山猫等了一个小时又一个小时，但是小路上就没有出现一只野兽。夜里这么冷，野兽们都不外出饮水，而是舔舔草和树叶上的霜，将就着解解渴就算了。

但是大山猫忽然捕捉到一个动物单独走动的声响——有什么野物在草上走动。

木尔索克鼓足气力，在黑暗中睁大双眼。

脚步声越走越近了。

这不可能是一只狍子：因为这步子的声音听起来非常沉重。听得出来，分明有粗大的树枝，被咔嚓踩断了。木尔索克在还没有看清是什么动物时，它的直觉告诉它：最好不要攻击这个庞然大物。

然而，饥饿燃起了它血腥的野性。像绷紧的弓弦似的，它浑身紧张得厉害。它像绷在弦上的箭一样，只需一动，就唰一下从压弯的树枝上飞扑下去。

树枝折裂声越来越近了。

瞧，木尔索克的犀利目光，在很黑的夜色中分辨出了一头年轻驼鹿的身影。驼鹿慢吞吞一步一步沿小路走来。木尔索克感觉到一种惶恐：这对手个儿太大了，力气太大了。

看，这年轻驼鹿的花角，差点儿碰触到小路上方的斜树了。这驼鹿的背就在木尔索克的下方了，这是一个不设防的脊背。

咚——大山猫跳了下去。它的后爪扣进了驼鹿的背，扎进了驼鹿的腰；前爪大铁钳似的，死死抱住驼鹿强有力的脖子。

驼鹿发疯一般，沿着小路奔逃，边跑边甩脖子，向左右两边猛摇猛晃。

树枝直抽着木尔索克的腰侧和头部，差点儿把它的眼珠给剐出来。驼鹿后仰的花角扎得木尔索克的背部鲜血淋漓。

木尔索克对背上的血全然不知，它全部的注意力都集中在一点上：千万不能从疼得发疯的驼鹿背上摔下来。驼鹿频频用花角猛扎背上的山猫，大山猫的后爪从鹿背上滑落下来，于是坚硬的、锐利的鹿蹄冰雹似的落在大山猫的头部、胸部和肚皮上。

顷刻间，猛兽皮开肉绽，百孔千疮，浑身再也找不到一块完肤了。

在这样的小路上，驼鹿这样的庞然大物不可能跑得很快。可怕的骑士分分秒秒都用它的牙齿，下劲啃咬驼鹿的颈部，咬得尽可能地深，直到把它的动脉血管咬穿。

只有空旷地能够救驼鹿。这么窄的小路，两边都被密林夹住，强大的动物一点弯也拐不了，因此也就甩不掉背上的大山猫。

驼鹿只是疯狂的蹦跳着。谁也说不清，是"骑士"更有力量还是"大马"更有力量。

忽然，淋满了鲜血的驼鹿眼睛里闪进一道亮光：密林完了。

前面是广阔的林中空地。

驼鹿向前一纵身，不料一下陷入了齐腰深的林间沼泽中。

驼鹿怎么挣扎也不得劲，它的前腿已经动弹不得，它庞大的躯体完全有力无处使了。

驼鹿沉重的身体陷入了泥泞中，陷得越来越深。木尔索克滑到驼鹿脖子上，一下咬穿了驼鹿的喉管。

只一分钟的时间，驼鹿用嘶哑的嗓音可怕地啸叫一声，轰然倒下了。

木尔索克战胜了强大的对手。

第十五章　有变形术的怪物

村长突然接到命令，要他立即逮捕守林人安德雷奇，押送进城。这是怎么回事？他感到万分惊讶。

村长早就认识安德雷奇了。他咋也弄不明白，这老人什么事儿冒犯了上司了。

可是命令白纸黑字，上头说得清清楚楚哩，七猜八疑也用不着了。

村长叫来两个巡逻员，他把上边的命令交给他们去执行。巡逻员正要收拾东西上路，村里却出了一件怪事，急需他们去作处理。

村长的屋子里，闯进来一群又哭又嚷的娘们。她们个个都像是受了什么惊吓，吵吵嚷嚷，弄得村长好一阵没弄清她们这嚷的究竟是什么。

她们说，村里出现了一只有变形术的怪物。

村长把她们从屋子里撵出去，只留下一个头脑还算冷静的女人，要她讲清楚事情的来龙去脉。

昨天傍晚，村里男人都在车站上班，女人们闲来无事，决定去参加晚会，晚会上有人唱歌，有人讲故事。这人讲的是一个变形怪物的故事，情节很

是可怕。

你说怪不？今儿个早晨，就在半个多小时以前，米特莱福娜老太太就见到了昨天晚上说的这种怪物。

事情的经过是这样的——

米特莱福娜去把羊圈门打开。她走近一看，圈门大开，圈里的羊全不见了，有一只羊倒在地上，半只已经被什么野物掏吃了。

米特莱福娜绕到板棚后面，羊群在墙旮旯挤缩成一堆，瑟瑟颤抖着，一听到响声，就吓得直往后缩。老太太真以为是闹鬼了。

她想喊女邻居一声，却见邻居家的黑猫跳下篱笆，穿过院子向她跑来，不料一到板棚边，黑猫突然喵呜一声，竖起尾巴往回跑！

说来就来，能变形的怪物出现了，像是从地底下冒出来似的！

那家伙的个子有狗那么大，猫脸，还有胡子，短尾巴，浑身的皮毛白得像面粉。

它向黑猫扑过去。一嘴就把它给咬死了，它像跳小土坎似的跳过了板墙，仿佛长了翅膀一般的轻灵。

米特莱福娜吓得一下子跌倒在地，大声嚎叫起来。娘儿们闻声跑来……

她们弄不清楚是怎么回事，就来找村长报告。

"我们都不敢进屋，在把那怪物打死前，我们都不进屋。"

村长命令巡逻员带着长枪短枪，马上赶到米特莱福娜家。他自己也跟着一起去。

她们在羊圈里找到了那头被吃了一半的死羊，找到了被咬死的黑猫。绕过篱笆，在雪地上发现圆圆的野兽大脚印。

村长把全村的小伙子都发动起来，带上狗，顺着脚印追踪那怪物而去。这是白天的事，至于昨天晚上发生的事，村里人是永远也不会知道了。

昨天晚上，木尔索克顺着丛林来到村口时，人们还在睡觉。这些日子它找不到吃的东西，吃得很少，最后饿急了。它在树林里听得村里有羊叫的声音，便大着胆子遛进了村。它从板墙顶上来到羊圈。

羊群惊慌起来，木尔索克一掌就按倒一只肥羊，剩下的羊挤开圈门，冲到了外面躲缩起来。

木尔索克稳稳当当地吃起羊来。

米特莱福娜出来放牲口时，它已经吃掉半只羊了。

木尔索克见她走进来，赶忙躲到板棚里面去了。

那里搁着好些袋面粉。它钻进去，于是弄得一身白。

板棚的小门半掩着，木尔索克从门洞里注视着外面的动静。

黑猫有个举动让它愤怒。木尔索克把小心谨慎丢到了脑后，它从板棚里跳出来，当着老太太的面把黑猫撕了稀巴烂。

松软的雪地上留下了大山猫的脚印，那脚印又大又圆，一目了然。村里的狗顺着这些脚印，很快地向树林跑去。

在他们身后，跟着一长队慌急慌忙的射击手。

这时，木尔索克一头钻进密林里，睡着了。

第十六章　放狗追山猫

跑在最前头的是一条猎狗，黑毛上散布着棕红色的斑点，强健，善跑，追猎起来坚定而又迅猛，它带着狗群直向密林深处扑去。

这群狗有十多只。它们尖声吠叫着。

木尔索克听到了吠叫声从远处传来。

大山猫马上知道发生了什么事情了。它立刻蹦起来在矮树林中穿行着，向密林深处飞奔而去。

一条壮实而富有经验的猎狗追上山猫不是一件难事。

木尔索克心里明白，要是不把这些追踪它的猎狗甩开，它是不会有好下场的。它要用一个狡猾的计策来迷惑敌手，让它们找不到它的踪迹。

它调过身子，踩着原来的足迹往回走，径直迎着狗群跑去。

它跑了一会儿，陡然拐了个弯，斜刺里溜出去，兜着圈子跑，雪地上的脚印越来越难于分辨。

猎狗们老练地寻找着野物的洞穴。

追猎的人们一听猎狗们的吠声就明白，这是它们要把野兽从隐蔽处给轰出来。它们顺着新鲜的脚印追逐着猎物。为了不让野兽逃脱，狗们呈半圆形展开搜寻，所以整座森林都能听到它们的叫声。

狗们顺着木尔索克的脚印追，追到脚印重叠的地方，就是木尔索克沿自己脚印往回跑的地方。它们一个劲儿往前追——却找不到大山猫的脚印了。

它们急切地贴着地面嗅着寻找，徒劳地转着一个圈又一个圈：它们追踪的猎物仿佛是插翅飞上天去了。

但还是有一条有经验的猎狗，一下识破了大山猫的奸计。

它折回到脚印尽头处，在那里绕了个大圈子。

大山猫往旁边一跳，跳进了离它足迹有三公尺远的矮树林里。

那只特别富于经验的狗一声警吠，狗群立刻向同一个方向呼啸而去。

猎狗们很快从缭乱的足迹中弄清了头绪。

那只带头的猎狗首先发现了：在一个斜到地面的大树旁发现大山猫的脚印中断了。它绕着树干嗅了一遍，马上知道大山猫上了树了。

狗们围着大树嘣嘣嘣狂跳个不停。

射击手很快赶到了。

眼看大山猫要成为他们的猎获物。猎狗们把它撵到树上，完成了它们该做的事情。剩下的事，就是射击手用射得很准的子弹把它从树上一枪撩下来。

大树枝叶繁茂，稠枝密叶间，怎么也看不出大山猫的身影。一个射击手拿枪托拼命捣砸树干，想用这个办法把大山猫给吓出来。

别的射手准备开枪。

大山猫没有露面。

这时有一个射手向繁茂的枝叶开了一枪。

还是没有用。

这时，猎狗又在密林里叫了起来。它们又发现了大山猫的踪迹。

原来是大山猫顺着倾斜的树干爬到尽头，使出它的平生之力，一跳，

跳进了离它相当远的密林。

追猎又重新开始。

木尔索克这会儿已经蹦出好远去了。最后这狡奸的一招，帮助它赢得了时间。不过猎狗们还是又一次跟踪而至。大山猫一时陷入了走投无路的困境。要是它再一个劲儿往前跑，那么猎狗们准会追上它。而爬上树呢，射手们又会用枪打它。

大山猫有些倦了。猎狗们在它屁股后头步步追逼。

这追猎要到头了。

没有想到，一条湍急的溪流断了它的前路。溪水还没有结上冰。

木尔索克纵身一跳，跳进了溪水中，顺着溪流跑。林溪两边长满了树木。它沿着溪流，直跑到一个大伐木场。

这里，它在矮树林里找了个地方躺下来。

终于，它有了个喘息的机会：猎狗们很难找到消失在水中的踪迹，一下找不到这个地方的。

谁知，那只带头的老猎狗还是识破了它的这个计谋。

这条富有经验的老猎狗，在溪水里找不到它的踪迹，就沿着溪岸跑几分钟后，它把一群猎狗引到了一片茂密的矮树林。这是伐木场边上的一片矮树林。

头狗的狂吠告诉猎狗们：猎物在这儿哪！

在砍过树木的林场上，无遮无拦，猎狗们当然很快就追上了疲惫不堪的大山猫。要是它们自己不能把它咬死，那就缠住它，控制住它，等候射手们来收拾它。

木尔索克这回逃身不得了。

木尔索克豁出命来飞跑，以摆脱猎狗们的追逐，抢先到达森林。

但是，老猎狗和三只跑得最快的猎狗差不多追上它了。

树林后边，射手们正急急赶来。

忽然，木尔索克像是被什么绊了一跤，一跟斗摔在了雪地上。

它四腿朝上，在雪地打了个滚。

射手们立即驱赶四条猎狗向大山猫扑来。

他们垂下枪口——就凭这些猎狗，也能把大山猫撕成碎片的。

可是这些猎狗们发生什么事了？

猛兽用强劲的腿，劈头给了追在最前头的老狗猛猛的一爪。

另外三只受伤的猎狗，也惨叫一声翻滚到了一旁：木尔索克的四条腿爪唰啦啦舞作一团，猎狗一靠近，就遭殃了。

不等后边的猎狗追上来，木尔索克已经一跃而起，闪身消失在森林里了。

嘘嘘嘘嘘嘘……射手们的子弹穿过森林雨点似的飞来。

但是木尔索克冷静地向前跑着，它一边跑，一边东拐西弯。

剩下的猎狗失去了有经验的老练向导，它们再也找不到大山猫的足迹了。

射手们在森林里转悠到太阳下山，却一无所获。

他们垂头丧气地回了村。

第十七章　朋友

安德雷奇一只手撑着自己白发苍苍的头，坐在门廊里。

他不久前从森林里回来。几只山羊早晨出去后就没有回圈。老人早都要赶它们回家的，可是这些倔脾气的山羊就是不肯回来。

老人的奶牛死了一个多月了，从那以后，他只能靠着羊奶过日子。

今天他什么都没有吃过。他的身体衰弱得不行了。他站不起来，连到森林里去把羊赶回来的力气都没有了。

老人回想起他忠实的朋友木尔索克当年干这差事，是多么利索啊。他不由得沉重地长叹了一口气。他非常惦挂他心爱的"儿子"——他的大山猫。它逃出动物园以后，是在森林里转悠呢，还是又被拘禁在铁笼里，日复一日折磨而死呢？

冻土地上传来急促的嗒嗒声，使老人抬起头来倾听。

他惊奇地发现，山羊沿着草地向着篱笆这边飞奔而来。

"不会是熊在撵它们吧？"安德雷奇担心地想。

山羊在院子里跑了一圈，惊惊慌慌躲进圈里去了。

就在这时候，大山猫出现在门口，它大步流星地跑过来，一头扎在老人的怀里。

"我的好儿子！"安德雷奇一把搂住大山猫长毛蓬松的脑袋，就这么深情地叫了一声。

过了一个钟头，安德雷奇才想起来，他还饿着肚子哩。他挤了些羊奶同他的朋友分享了。

"这只是一点点心。"他对木尔索克说，"现在你到森林里去，给自己猎个野物吃吧。天黑以前，你回来，咱们爷俩在一块就会快活的。"

木尔索克听话地舔了舔老人的手转身向森林走去。

到这时，老人才发觉，大山猫的尾巴像是被削去了一截。

"是在什么地方被剪了这截尾巴的呀！"老人心里想。

每每想起这尾巴被剪的事，老人心里就不愉快。

"现在总算是一切都过去了。"安德雷奇高兴地想着，阖上了双眼。

秋阳暖融融地烤着他病弱的身体。

老人在门廊上打起盹来。一阵粗鲁的叫喊声，把他从睡梦中惊醒。

"喂，老头，起来！我们是来逮捕你的。把东西收拾一下，这就跟我们走！"

安德雷奇起先拐不过这弯儿来。

在他面前站着两个肩上背着枪的巡逻员，他们各自牵着马。

"乡里乡亲的，怎么，跟老头开玩笑？"

"城里有人会把玩笑跟你说明白的！"当中的一个巡逻员正颜厉色地说，"上边有命令，让我们把你押送到火车站。"

"这事跟我们两人没关系，"另外一个年轻一点的巡逻员和颜悦色地补充说，"为什么要逮捕你，我们不知道。可能你自己比我们更清楚。"

似乎是"城里"这个词一下让老人全明白了。

老人对那些由于他在城里的举动而控告他的人，没有任何怨恨。

"是这么回事啊，"他平静地说，"我是有罪过的，我怜惜一只野兽，乡亲们。在城里我把它从铁笼子里放出来了。这野兽是我出色的徒弟，也是我最好的朋友。"

"这是一头什么样的野兽？"年轻的那个巡逻员好奇地打听。

"大山猫。"

两个带枪的人交换了一个眼色。

"大山猫？"年长的巡逻员又问，"短尾巴的？"

"短尾巴。它的尾巴一定是在动物园那些日子让人截掉了。"

"这就难怪了！"年长的巡逻员说，"为了你这个徒弟，把你枪毙了也嫌不够。它昨天把我们村里最好的一条狗弄死了。你等着吧，我们非剥它的皮不可。"

"哎，你怎么站住啦？"他冲着安德雷奇吼叫起来，"我们没工夫跟你闲磨牙，快跟我们走！"

"我不会跑掉的，"安德雷奇说，"就等我一下，我拿顶帽子。"

安德雷奇想，他必须尽快离开这院子。不然，要是木尔索克突然闯回来，这两个被惹火的巡逻员会开枪把它给打死的。

两分钟以后，安德雷奇走出了大门。他的两旁站着押送人员。

老人回过头来，朝他的木屋看了最后一眼。他打了个哆嗦，木尔索克在他后面追来了。

那个年长的巡逻员也向后看了一眼，看见了大山猫。

他立即从肩上摘下长枪来，瞄准大山猫扣响了扳机。

子弹唆的一声打在了木屋上，削下一块小木片。

木尔索克一个腾跃，向马的臀部扑去，但是扑空了。安德雷奇大声说了一句什么。

然而他身旁已经没了人影。

两匹马吓破了胆，在草地上狂奔起来。

木尔索克紧追不舍。

狂奔的惊马跑出一公里多路，骑手这才勉强将马收勒住。

他们对回去逮捕老人的事，想都不敢再想。

他们决意将这里发生的事报告村长，要求增派援兵，次日再来猎杀大山猫，同时逮捕老人。

木尔索克没有马上回家。它又悄没声儿钻进森林里，寻找猎物去了。

它运气好，碰上了几只黑雷鸡。

它不发出一点响声，悄悄从矮树林那边绕过去，正当一只老黑雷鸡要起飞的时候，一下把它给逮住了。

但是它不马上吃抓到的野物，它把这黑雷鸡叼在嘴里带回来给主人。

安德雷奇背靠着门廊的台阶，坐在地上。他两眼闭着。

木尔索克把叼来的野禽放到他的脚边，用鼻子轻轻推了一下老人。

安德雷奇慢慢歪歪地翻倒在地上。

木尔索克用长毛蓬松的鼻脸，紧紧依偎着老人，它抬起头来，发出低声哀鸣，哀鸣中充满了忧伤。

尾声

　　第二天，当巡逻队员们包围了护林员木屋，安德雷奇的尸体还躺在门廊的台阶上。人们在森林里多次寻找过大山猫，却次次都无功而返。木尔索克失去踪影了。

过了一个月又一个月。

安德雷奇的小木屋里迁来了新的守林人。

附近村子里很快忘记了孤身老人，也忘记了他驯养的大山猫。

可是在各地报纸上，还不断出现报道高大而勇猛的大山猫的消息。

报道说，大山猫经常袭击村庄，咬死牲畜和家猫。对它的围猎，进行一次就失败一次。

这只大山猫的尾巴是被截短了的，它对人们的生活习惯也很熟悉。不难看出，这个天不怕地不怕的动物就是木尔索克。

俄罗斯北方边区的一家报纸，透露过大山猫的最后行踪。

为了逃避追捕和猎杀，木尔索克潜身到森林深处去了。它的足迹消失在林海里了。

木尔索克在北方的森林里，找到了它的安身之地。

林中猎狐记

经验丰富的猎手，只需瞟一眼狐狸脚印，就能马上找到狐狸洞，很快把狐狸捉住。

塞索依·塞索依奇一大早走出家门，远远望去，一眼就发现有一行狐狸的脚印，留在刚下过雪的地面上，雪不厚，脚印却非常清晰，鲜明而又整齐。这位小个子猎人一步一步慢悠悠地来到狐狸脚印旁边，站在那儿，寻思了一阵。

塞索依奇卸下滑雪板，一条腿跪在滑雪板上，把一个手指头弯起来，伸进狐狸脚印的凹坑里，竖着量量，横着量量，又想了想。然后站起来，套上滑雪板顺着脚印滑去，一路滑，一路牢牢盯住脚印。

他滑着，一会儿隐进了矮树林，一会儿又从矮树林里钻出来。

他来到一个小树林边，依旧那么不慌不忙地绕树林滑了一圈。

他从树林子那头出来，便立即加快了速度，奔回自己的村庄。他滑得那么熟练，不用滑雪杖也能飞一般在雪地上滑行。

冬季里白昼短，而他为了弄清脚印就已经用了两个钟头。塞索依奇心里已经拿定主意：非拿住这只狐狸不行。

他向我们这里另外一个叫谢尔盖的猎人家跑去。谢尔盖的妈妈从小窗看望见小个子猎人来，就走出来，站在门口，先开口说话："我儿子这会儿不在家。他没告诉我上哪儿去了。"

塞索依奇知道大娘在哄他，就笑了笑说："我知道，我知道，他在安德烈那里。"

塞索依奇果然在安德烈家里找到了两位年轻人。

他一跨进门去，两个小伙子就立即不说话了，一副很尴尬的脸相。为什么这样，他们瞒不过他。

谢尔盖甚至还从板凳上站起来，想用身子遮住一个卷成轴的围猎用的小红旗。

"嗨，别遮遮掩掩的了，孩子们。"塞索依奇揭穿他们的秘密说，"我知道你们这么偷偷摸摸地，想要做什么。昨天夜里，狐狸来拖走了一只鹅。这会儿，这只偷鸡的狐狸躲哪里，我也知道。"

塞索依奇单刀直入地捅开了两个小伙子的秘密，弄得他们一下不知说什么好了。还在半个钟头以前，谢尔盖遇上了邻村的一个熟人，听说昨天夜里狐狸来偷走了他们的一只鹅。谢尔盖听到后，立刻便赶来告诉他的好朋友安德烈。他们刚刚商量好怎么去找到那只狐狸，怎么在塞索依奇听得风声前下手，把狐狸捉住。谁知，说到塞索依奇，塞索依奇就出现在他们面前，而且他已经连狐狸在哪里都弄清楚了。

安德烈打破了沉默，说："是哪个老娘们多嘴，你听说的吧？"

塞索依奇意味深长地笑笑说："老娘们，我想，她们闹一辈子也闹不

072

明白狐狸住哪儿的。是我一大清早看脚印看出来的。现在，我就来对你们说说这只狐狸：第一，这是一只老狐狸，个儿很大。脚印是圆圆的，走起路来，那是不含糊，齐刷刷的，不像小狐狸那样在雪地上乱踩乱踏。它拖着一只鹅，从村子里出来，走到一处矮树林里，停下来，把鹅吃了。我已经找到那个地方了。这是一只公狐狸，很狡猾，身子胖，毛皮厚——那张皮能值大钱哩！"

谢尔盖和安德烈互相交换了个眼色。

"怎么，连肥胖、连毛厚、连毛皮值钱都写在脚印里吗？"

"当然啰！瘦狐狸都是那种吃不饱的主儿，它身上的毛皮必定薄，没有光泽。可是老狐狸狡猾，肚子吃得饱饱的，把自己养得肥肥胖胖的，它的毛必定又厚又密，黑亮黑亮的，那张皮子自然值钱了！饱狐狸跟饥狐狸的脚印也不一样：饱狐狸走起路来，步态轻盈，就像猫一样轻巧，后脚踩在前脚的脚印上，一步一个坑，齐齐整整的一行。我跟你们说，这张皮子，在省城收购站，人家会争着出大钱的。"

塞索依奇说到这里，不再说了。

谢尔盖和安德烈又互相使了一下眼色，一同走到墙角里，叽里咕噜低语了几句。随后，安德烈对塞索依奇说："那么，塞索依奇，你是来找我们合伙来了——干脆说，是吧？我们觉得可以这么办！你看，我们听到丢鹅的消息，连围猎的小旗都准备好了。我们原想赶在你前头的，没成功。那么现在咱们就说定：合伙干！"

"咱们还可以说定，第一次围猎，打死算你们的。"小个子猎人挺爽快地说，"要是让它跑了，那第二次围猎十有八九是逮不到它的。这只老

狐狸不是咱们本地的，是路过这里的，顺带捎了咱寨子里这只鹅。咱们本地的狐狸，我知道，没这么大个儿的。它听得一声枪响，就会逃得连影子都找不着的，我们找两天也休想找到它。这小旗子，你们还是留在家里吧，老狐狸可狡猾了，它让人围猎，大概也不止一回两回了，每回都让它逃脱了。"

然而，两个小伙子还矜持要带小旗子。他们说，还是带上，用围猎的办法逮狐狸，要稳当些，把握性会大些。

"好吧！"塞索依奇点了点头说，"你们爱怎么办就怎么办吧！"

谢尔盖和安德烈立刻收拾围猎家什，扛出小旗子卷轴，拴在雪橇上。

就在小伙子拾掇的时候，塞索依奇回了一趟家，换了身衣裳，找来几个年轻小伙子，让他们帮忙赶围。

这三个猎人都在短皮大衣外面套上了灰罩衫。

"咱们这是去打狐狸，不是打兔子，"塞索依奇说走到半路上说，"兔子是比较糊涂的。可是狐狸的鼻子要灵敏得多，眼睛特尖。只要让它看出一点异样来，马上就逃得没影儿了。"

大家赶着直奔狐狸的藏身地，赶向那片树林。

一到点儿上，塞索依奇立刻就部署围猎，各个站好位置，谢尔盖和安德烈往左绕林子挂起了小旗子。塞索依奇带了另一个小伙子往右边去把小旗子挂上。

"你们可得多留点儿神呦，"临分手的时候，塞索依奇又叮嘱说，"看有没有走出树林的脚印。要蹑着点儿手脚，别弄出声响来。老狐狸可奸猾了，一听见有响动，就马上会转移，会溜掉。"

"没见狐狸走出林子的脚印吧？"塞索依奇跟两个年轻猎人碰头的时

候问。

"我们仔细瞧过了，没有出林子的脚印。"

"我也没看见。"

他们留下一段约摸 150 步宽的通道，没挂小旗子。塞索依奇安排好两个年轻猎人，为他们选定守候的位置，自己踏上滑雪板，悄悄赶回赶围的人们那里去。

塞索依奇部署好狙击线。

围猎开始了。

树林里一片寂静。只听见一团团松软的积雪，从树枝上翻落下来。

塞索依奇紧张地等待两个年轻猎人的枪声。他的经验告诉他：这机会要是一错过，今后就再也碰不到的这么大个儿的狐狸了。

塞索依奇已经走到小树林中央，却还没有听见枪声响。

"怎么会这样呢？"塞索依奇提心吊胆地寻思着，从树干中间侧身穿过。"狐狸早该出来，跳上通道了。"

他走着走着，就走到了树林边上。这时安德烈和谢尔盖从他们躲藏的枞树后面走出来。

"没有？"塞索依奇压低嗓门，问道。

"没看见。"

小个子猎人觉得不用多说了，就转身往后跑：他去检查检查包围线有没有出问题。

"哎，过这儿来！"几分钟后，传来他气嘟嘟的声音。

大家都聚到他跟前来。

"你们会辨认脚迹吗？"塞索依奇从牙缝里挤出气势汹汹的声音，对两个年轻的猎人说，"还说没有跑出树林的脚印呢！可这是什么？"

"兔子脚印哪。"谢尔盖和安德烈异口同声地回答，"兔子在雪地上踩出的脚印。我们这还不会认吗？刚才展开围猎时就看见了。"

"兔子脚印里头呢，兔子脚印里头是什么？你们这两个稻草人。我早就对你们说，这只狐狸老狡猾哩！"

这兔子长长的脚印里，只要定睛细看，真是，在隐隐约约间能分明看出，还有别的野兽脚印：比兔子脚印圆溜些，短些。老猎人一眼就能瞅出来的，两个年轻猎人瞅了半天，才看清楚。

"狐狸为了掩饰自己的脚印，就踩着兔子脚印走，这一点你们不知道？"塞索依奇仿佛丢了一件上等狐皮似的难受，于是气不打一处来。"你们看，它一步一步，每一步都踩在了兔子的脚印上。你们这两个睁眼瞎子！白白耽搁了这么多时间！"

塞索依奇顺着脚印追去。其他的人都默默紧跟在他身后。

一进矮树林，狐狸脚印就同兔子脚印分开了。这行脚印像一大清早看到的那些脚印一样分明，显然，狐狸在绕道走，绕出了许多鬼花样。他们跟踪这脚印走了好半天。

太阳挂在淡紫色的暮云上——阴暗的冬季白昼快完了。大家都垂头丧气：这一天算是白辛苦了！脚上的滑雪板不由得沉重起来。

突然，塞索依奇站住了。他指着前面的小树林，低声说："老狐狸在这里。瞧，前面五公里都是田野，像一张白桌布似地平坦，没有树丛，没有溪谷。狐狸要跑过这样一块空阔地带，对它是很不利的。就在这里——

我敢拿脑袋担保！"

两个年轻人一下又振作起来，把枪从肩上放下来。塞索依奇让安德烈和三个赶围小伙子从小树林右侧包抄过去，谢尔盖和两个赶围人从小树林左侧包抄过去。大家同时向小树林中心缩小圈子。等他们走了以后，塞索依奇自己一个人轻轻溜到树林中间。他知道，那儿有一块小小的林间空地。老狐狸绝不会待在这无遮没拦的地方的。但是，不管它朝哪个方向穿过小树林，也没法避免走这块空地的边缘。

这块空地中央，有一棵高大的枞树。旁边有一棵枯死的枞树，倒在它黑黢黢的树枝上。

塞索依奇的头脑里闪过一个主意：顺着倾倒的枯枞树，爬到大枞树上去，从那里鸟瞰下方，不管老狐狸往哪里跑，都能看得见。空地周围只有一些矮小的枞树，还有一些是光秃秃的白杨和白桦。

但是老练的猎人立即放弃了整个主意。他想到：他爬上树的工夫，狐狸早跑掉了。而且从树上放枪也不顺手的。

塞索依奇在枞树旁边停住了脚步，站到两棵小枞树之间的一个树桩上，扣住双筒猎枪的扳机，四下里张望着。

赶围人的呼应声从四周响起来。

塞索依奇确信那只非常值钱的狐狸就在这里，就在离他不远处，错不了。它随时可能闪出来。可是，当一团褐红色的毛皮在树枝间闪过的时候，他还是打了冷颤。那畜生出乎他意料地蹿到毫无遮拦的空地上去了，塞索依奇差点儿扣动扳机了，可是他没有。

不能开枪：那不是狐狸，那是一只兔子。

兔子在雪地上蹲下来，心惊肉跳地抖动着它长长的耳朵。

围猎的人声越来越近了。兔子跳进了密林，遛得不知去向。

塞索依奇又收回注意力，守候着。

从右方突然传来一声枪响。

打死了吗？还是打伤了？

从右方传来第二声枪响。

塞索依奇放下枪。他寻思：不是谢尔盖就是安德烈，反正总是他们当中的谁，把狐狸打死了。

过了不大一会儿，赶围人走到空地上来了。谢尔盖和他们在一起。

他一脸的狼狈。

"没打中？"塞索依奇皱着眉头问。

"矮树林后头呢，怎么打得中……"

"唉！"

"瞧，在我手上掂着呢！"从背后传来安德烈兴高采烈的声音，"没逃出我的枪口呢！"

安德烈走过来，把一只打死的……兔子，扔在了塞索依奇的脚下。

塞索依奇张大嘴巴，像是要说什么，可一句也没说出来，就又闭上了。赶围的人群莫名其妙地看着这三个猎人。

"好啊！运气不错！"塞索依奇终于压下火气说，"现在，大家都回去吧！"

"狐狸呢？"谢尔盖问。

"你看见狐狸了？"塞索依奇问。

"没有，没看见。我打的也是兔子，兔子在矮树林后头，那样……"

塞索依奇把手往高处一挥，说："我看见了：狐狸叫山雀抓到天上去了。"

当大家有气无力地走出空地时，小个子猎人独自落在后面。这会儿天色还没黑尽，还能看得清雪地上的脚印。

塞索依奇绕空地走了一圈，一步一步走得很慢，走几步，就停一停。狐狸和兔子进入空地的脚印都印在雪地上，一凹点一凹点，清清楚楚的。

塞索依奇睁大眼睛，细心察看着狐狸脚印。

没有，狐狸并没有踩着自己原来的脚印往回走。狐狸也没有这样的习惯。

出了这块空地，脚印就完全没有了——既没有兔子的，也没有狐狸的。

塞索依奇在小树桩上坐下来，双手捧着脑袋沉思起来。终于，一个很普通的想法窜入了他的头脑：难说这只狐狸在空地上打了个洞，就躲在洞里呢。这一点，刚才猎人完全没想到。

但是，当塞索依奇想到这个念头的时候，天已经黑了。在伸手不见五指的夜色中，要抓住这狡猾无比的畜生，想都甭想。

塞索依奇只好回家去了。

而野兽有时会给人出一些谁也猜不透的谜。有些人就给那种谜难住了。塞索依奇可不是这样的孬种。就是狡猾得出了名的狐狸出的谜，也不曾难倒过他的。

第二天早晨，小个子猎人又来到昨天狐狸失踪的那块空地上。现在，有狐狸踱出空地的脚印了。

塞索依奇顺着脚印走去，想找到他到此刻还不知在哪里的狐狸洞。但是，狐狸的脚印把他一直引到林间空地中央。

一行清晰而齐整的脚印凹子，通向倾倒的枞树。顺着树干上去，消失在针叶茂密的大枞树树枝间。那儿，离地大约8米高的地方，有一根蓬得很开的树枝，上面一点积雪也没有：积雪被在这里睡过的一只野兽给擦掉了。

原来，昨天塞索依奇在这儿守候的时候，老狐狸就趴在他头的上方。如果狐狸这种动物会嘻嘻发笑的话，它一定会笑小个子猎人，笑得浑身的肉都抖动起来。

不过，狐狸既然也会上树，那么也准会尽情地窃笑吧。

狐狸这样拿住刺猬

森林里有一只狐狸，有名的狡猾。谁都知道它满肚子都是奸计，骗术的高明举世无双。而森林里的刺猬，自卫能力一等的强。它一身的刺，只要一竖起，就谁也拿不住它。可狐狸却把它给拿住了。

刺猬在森林里走着，一路走一路呼哧呼哧的哼哼，一路用它浑身的尖刀挖出树根来，一路吃得饱饱的。

狐狸向刺猬扑过去。

刺猬唰啦一下蓬开它满身的尖刀，它毫不退缩，变成一个可怕的刺球，勇敢地迎上去。

狐狸绕着它转了一圈又一圈，定了定神说："既然你是个球，我就叫你滚下坡去。"

狐狸说完，试着伸过它的一只脚，去翻动刺猬。刺猬呼哧呼哧生气的连声叫着。可是它没有办法，不由得它不顺着斜坡滚下去。

"滚！滚！球儿——滚！"狐狸说着，再使了把狠劲，把刺猬快快推下坡去。

刺猬往坡下滚去，滚去，直滚进了一个坑里——坑里水汪汪的。

刺猬呼哧呼哧叫着，叫着，滚进了水坑里。

这下，刺猬没办法了，只得赶快伸开四腿，划水逃命，向岸边游去。

狐狸从下方一口咬住了刺猬柔软的下腹！

只不多会儿，刺猬就没了。

黑 狐

雅库齐森林里来了一只狐狸，是只黑狐。

黑狐很罕见。黑狐的皮比其他颜色的狐皮要卖得起价钱。

所有的猎人都像疯了似的，松鼠不打了，连黑貂也不打了，狩猎就奔这只黑狐，紧紧追踪它。

黑色的皮毛在雪地里非常显眼。黑狐狡猾透顶，你打枪，它就不让你打中，你用捕兽器捉它，压根儿就没门。

许多猎人都放弃了猎黑狐的努力，依旧去打松鼠、打黑貂、打其他野物去了。

就一个犟小伙子死死盯牢黑狐不放。

他说："不拿住它，我睡不着觉，吃不下饭。"

就他一人继续追踪黑狐，不把黑狐弄到手，誓不罢休。

黑狐有它的高招：小伙子追着它，它就跟随他在森林里兜圈子，一步一步踩着猎人的脚印走。猎人走到哪里，它就跟到哪里。

年轻人着实不笨，他知道黑狐有多狡猾。

"好吧，"他想，"咱们玩，看谁玩得过谁。我在我走过的小路上布上捕兽夹，布上自射器。要是你还是跟着我，我就逮住你。"

年轻人这么想，就这么做。

他在小路上布上捕兽夹和自射器，然后用积雪埋好，再拉开一条线，线的一端在自射器上系牢，线的另一头横过小路在矮树林里拴住。

他在小路上走起来。他走，黑狐跟着他走。

他跨过拉线往前走，跟着他亦步亦趋的黑狐也跨过绷在小路上的线。

兜了一圈又一圈，兜了一圈又一圈。小伙子的腿都累得发软了。他这一发软不打紧——一脚钩着了自己绷在小路上的线。

啪嗒，自射器放出了一支箭，射中了他的脚踝。他只好一点一点挪着爬回家。他在床上躺了一冬，一冬都在床上哼哼着，连声叫疼。

黑狐跑得无影无踪了。

母狼跟在我们身后

记得那是学年末，快放暑假了，女老师派我给村主任送几份通知。

送完通知，我正要转身往回走呢，忽然进来一个戴眼镜的大叔。这大叔好生古怪，模样、打扮都跟我们这里的人不一样。他背上背着一杆双筒猎枪。这样的枪我从来没见过——枪上没有扳机。枪的背法也不像我们这里猎人那样枪口朝上、枪托朝下，而是枪托朝上、枪口朝下。他没穿猎靴，就穿一双普通的平底鞋。大叔的背囊不知为什么吊在腹部，任它左右晃动。他头上的鸭舌帽也反着戴，帽檐扣在后脑勺上。

大叔向村主任打过招呼后，手就伸进背囊里去取东西。他那挂在前面的背囊用起来很方便，随手解开就可以拿到他需要的东西，不用取下来。

他从背囊里取出一个小本子，从那里抽出一张小纸条，把它递给村主任。

主任念起条子来："省防治狼害指导委员会委员季特·沃洛夫。"

大叔问："要防治狼害指导委员会派个人来是您提出的要求？"

村主任说："是的。不知从哪里跑来的狼——我们这里已经许多年没有遭狼害了。现在贝斯特梁卡河一带的狼越来越多。我们这里的森林面积大，

而且都是密林。谁都知道，密林里是逮不住狼的。"

"这不是派我来了吗，"大叔说，"现在正是抓狼崽和打母狼的好季节。"

大叔与村主任道了声别，就走了。村主任要我陪陪大叔，和大叔一同去。

我们走到村外，大叔开始给我讲起狼的故事，一个接一个的讲。他说，我们国家每年要损失上百万头的牲畜，价值二千万卢布。可疯狂了，还袭击人！受了伤的狼照样扑上来咬人。倒是健康的狼反而是怕人的。"

大叔讲啊讲啊，我们不知不觉来到了鲁格瓦亚村。

这天夜里，沃洛夫大叔就住在我们家。

第二天，大叔说："瓦纽沙，你把我带到你们村牧牛人那里去。牧牛人对狼情应该一清二楚。"

我领他顺贝斯特梁卡河走去，不久，沿着小溪进入了森林。春天我们在那里放牛。

我们村的牧牛人马尔卡大爷正坐在大麻纤维上晒太阳。他的助手斐济卡拿着鞭子奔跑着，在那里追赶走散了的母牛。他一见我们来，立马向我们走过来。

马尔卡大爷耳背，他好久没闹明白沃洛夫大叔问他的事情。一旦他听明白是怎么回事后，就直摇头。

"嗨，我们这里的狼早绝迹了。你去伊斯托克和乌斯基列卡那边看看，听说那里闹狼闹得凶。"

牧牛人的助手却说："狼没有绝迹。我就碰到过两次。一次是在早晨，另一次是在傍晚，我赶牲口回家时。就在那边小溪对面的小山上。那狼，说它是狼，又只是一条狗。一身的疥癣，毛一绺一绺掉下来。我抽了它一鞭子，它就跑了。我扑哧一声笑出来！起先，我还以为是一条狼呢，而实际上不过是一条胆小的狗。大约是从谁家逃出来的，怎么一弄就成了野狗。"

大叔笑起来，问："你倒是说说，英雄，它的耳朵是不是竖着的，尾巴像钩子一样弯着？"

"耳朵是竖着的，"斐济卡说，"可尾巴像狼尾巴那么拖着，夹在两条腿中间，它怕人呢。"

"这只狗早晨往哪儿跑？"

"那边，"斐济卡拿鞭杆指看指了指小溪那方向，"晚上又从那里出来。"

"那么说，我们应该沿小溪找。那里会有它的小崽子。"大叔说。

"大叔，这会不会是你家养的狗呢？"斐济卡猜想着问，"就是说，跑出来产崽来了。但是，要在那里找到它，大概困难。密林里尽是沼泽地，林子密得像堵墙。"

大叔一直脸带笑容地说："你错了，亲爱的，这不我家的狗，它没有主人。但我希望它很快就能有主人，成为我的狗。现在我就去找它。"

他把背囊从身上取下来，挂到背上，把裤管卷到膝盖以上，抓起枪，径直朝小溪和密林方向走去。我好奇地问他："大叔，您为什么不给自己买双猎靴呢？穿靴子打猎要方便得多。"

"夏天干吗穿靴子！"他回答说，"夏天水是暖的。但是要让水进到靴子里头，那你可就糟了。小家伙，猎人夏天得穿有洞的平底鞋，它像筛子一样，水就是进了鞋子也能很快流出去。瓦纽沙，你快去上学吧，不然要迟到了。晚上我给你带一只小狼崽来。"

于是我成天都在想小狼崽。莫非大叔真能带一只小狼回来？

那一天，我好像觉得时间过得特别慢。太阳都下山了，天色也晚了，这时大叔才回来。他说："瓦纽沙，今天我没能做到我说过的话。没有带小狼崽给你。"

他说完这话，就不再吱声了，一直默默地吃晚饭，一吃完就去睡觉。

我看出大叔的心情不好，就什么也没去问他。

第二天天没亮，我还在睡觉，他就走了。天黑尽了才回来，还是空手。狼崽的事一句也没提。

大叔不知在想什么，自言自语地喃喃着。可有几句我听清楚了。

"错了，错了……一切都有可能的，好狡猾的畜生啊！"

我们拾掇拾掇，准备睡觉。大叔突然对我说："亲爱的瓦纽沙！明天是星期天吧？"

"是啊，是星期天！"我说。

"那你不上学啰？"

"当然不上，休息天嘛！"

"那这样，亲爱的！你帮帮我——明天一大清早我们俩一道去。没有你帮忙，那讨厌的柳树林密密匝匝，我怎么也过不去。你个子小，我钻不过去的，你能。"

好在这时妈妈不在屋。要不然，她立刻就会骂起来："什么，您哄我的孩子去干这种事！狼会把他咬死的，我不许他去！"

我和妈妈本来就猜想过，斐济卡所说的狗是条狼。

我对大叔说："您别让我妈妈知道。我装作好像是要跟同学去采节节草的样子。"

"节节草是什么？"

"节节草，学名叫木贼。黑麦地里满地都是。它们的根很好吃，孩子喜欢。"

"好吧。"他说，"我不去跟你妈妈说。只是你别害怕，没有什么危险的，再说，我有枪不是。"

我说："我又不是小姑娘。"

第二天早晨，我故意一个人先出门。兜了个圈，就朝牧人家的方向走去。不多一会儿，大叔也到了牧人家。

斐济卡死活要跟着我们。

沿小溪走不多久，密密匝匝的柳树林从四面八方围遮过来，我们好像是走进了一个黑黢黢的洞穴。

"这样，"大叔说，"咱们就从这里开始。小瓦纽沙，你从小溪右岸爬过去。斐济卡，你从小溪左岸爬过去。你们去找小狼崽子。要是找到了，就叫我。我往前面去，那里树林不怎么密。我不会走远的，你们一叫，我就会听见。要是什么也找不到，太阳当午时分，我们在这里汇合。"

我和斐济卡往前爬，前面的东西，特别是地面上的东西，倒还可以看清楚。而要说狼踪迹可是一点也没发现。

啊呀，爬起来可费劲。沼泽地里布满了一个个草墩，草墩与草墩间漾着浓茶似的咖啡色锈水。树枝老抽打着我的脸。狼怎么能在这样恶劣的地方生活啊！我看见一只野鸭，还看见几只在沼泽里窜来窜去的小鸟。它们吱吱叫着，可能，它们的窝就在附近

矮树林的枝杈上。

再往前爬去，地面倒是干了些。这时喜鹊喳喳喳不住声地叫。它们看见我们，就叫得更凶了。这里聚了许多喜鹊，少说也有十只。可它们聚集的地方却臭的让我直反胃，要呕吐。我想，喜鹊，你们也该叫够了吧，你们把人的耳朵都快叫聋了！

我累得不行，想坐起来喘口气。抬头一看，太阳照在头顶，已经是当午时分了。

我赶快往回爬。

大叔和斐济卡已站在小溪边等我。他们正要叫我哩，见我来了，大叔就说："我跟斐济卡什么也没有找到。你发现了什么了吗？"

"什么踪迹也没看出来，"我说，"也不值得在这样地方找。那里只有喜鹊，一大群喜鹊，气味臭得实在叫人受不了！"

大叔听我这么一说，一下高兴起来。

"当真吗？有喜鹊——而且很多？"他问，"气味也臭得熏人？快，快把我领到那里去！"

他咝咝地抽着烟斗，不等抽完就把烟斗在枪托上笃笃叩了叩，烟火纷纷溅到水里。我可不愿再到那密林里去受那份罪，一身衣服全会被撕破的，再说，我也已经累得够呛了。

我琢磨，大叔的做法总是跟别人相反！竟会到谁也没见过狼的地方来找狼！现在他又忽然对喜鹊发生了兴趣。喜鹊是一种小心谨慎的鸟，不管遇到人或是遇到野兽，就会立马喳喳叫嚷着飞远了。

可我又思忖：反正我是不陪着折腾了；我去把喜鹊叫嚷的地方指给他，

从那里顺矮树林到森林反正也已经不远了，我然后对他说，我有事情去了，你自己去密林里找吧。说完，我就转身回家。

我把他领到那地方。斐济卡没有跟着去。他说："大爷要骂我了——母牛没人照管会走散的，我该回了。"

喜鹊们还在原来那地儿叫嚷。它们喳喳喳叫得可凶了！

我走了五十来步光景，就打消了不陪大叔到那地儿的念头——也许很快能找到狼窝呢。

再往前有座小山，在山坡上，在一棵松树根底下有一个洞，不太深。坑凹的地方有一片兽骨，泛着叫人一看就起鸡皮疙瘩的白光，这些白骨中能认出有鸟骨，有兔骨，有羊骨，有狗骨。这难闻的气味原来就是这些骨头散发出来的！

狼崽子蜷缩着，瑟缩在黑魆魆的洞穴里。

大叔解开背囊，抓住狼崽子的后颈皮，一只接一只往背囊里抓，一共抓出了六只。它们清一色的灰黄，尾巴咪咪小，像细绳子，眼睛才刚能睁开一条缝。

我越来越频繁地回头张望：公狼和母狼会不会在这时突然回窝来？想着想着，越想越害怕，心里就越发憷……

"完成了！"大叔乐呵呵地说，"我们该做的事都做完了。"

"您不想打母狼啦？"

"公狼也好，母狼也好，就算它们这会儿正在旁边蹲着听我们说话吧，我们也看不见它们的。抓母狼可不是一件容易的事哦。瓦纽沙，咱们走吧，快走。"

　　小山后面又是矮树林，不过已经不是那么茂密了。我们不多一会儿就爬到了山上，那里长满了针叶林。

　　大叔在这里停下，他转头对我说："好了，这里有路了。现在咱们就顺着这条小路走吧。"

　　"大叔，不该走这条小路啊！"我说，"应该走那边，从那边到村子很近。"

　　他很生气地瞪了我一眼，皱起眉头说："你甭来教训我，孩子。你知

道指手画脚意味着什么吗？这会儿，我说什么，你就做什么，别吱声。不能总是逆风走，也得顺风走一段。"

我心里说不出有多生气。大叔的做法又古怪了！要是按照他说的顺那条小路走，就得绕过半座森林，最后还得顶着暑热、穿过田野再折转回来！

可我又不能不听他的。

我走在前面，大叔跟在我身后。

沿林间小路，我们很快走到一块林间空地上，走完了这段空地，大叔在后边悄悄对我说："你一直往前走，别转身，别扭头，也不要停下来。这个交给你，重吗？"他把装狼崽子的背囊搁到我肩膀上，把皮带搭在我胸前。

"走，"他低声对我说，"慢慢走，一步别停。你千万要听我的，别转身，别扭头，不然你会遭殃的。"

我的心直发颤。明摆着的，他是个疯老头。他为什么压低声音说话？他为什么要我朝前走，不能回头看？还说得那么严厉，不许我有丝毫的不服从。

我浑身发冷。一直按大叔说的朝前走，回头看一眼都不敢，也听不到身后有他的声音。

这条小道好像故意跟我作对，笔笔直，没有一处拐弯。有个拐弯的地方也好呀，那样我就能转弯去撒腿飞跑了！

我心中的恐惧感让我脚步不稳，竟微微摇晃起来，头也有些晕了。

这样走，不知走路多少路，不知走了多长时间……

突然从后面传来砰的一声枪响。

我吓得猛一下跳起身来，扔下背包就跑。

只听得大叔在后面喊："你往哪里跑，哎，往哪里跑！站住！"

我扭身看看，只见大叔远远站在那块森林空地边上，弯腰从地上捡拾起什么东西来。

他把那东西拽上手，啊，那是一条狼哪！

这时，我连什么害怕都忘记了，从地上拎起背囊，赶紧向他跑去。

大叔向我迎面走来。死狼背在身后。他把狼的两条腿搭在自己的前胸，狼尾巴拖在地上。

"小傻瓜，你怎么啦！"他说，"怕什么呀！这是一只母狼。我早就知道它偷偷在我们身后跟着。它看着我们把它的崽子带到什么地方去，到晚上好再到你家房子里来，看能不能把自己的孩子救走。我让你带上背囊往前走，我自己转身躲到一棵大树背后。没过一分钟，母狼就鼻子贴地嗅着跟来了。但没有闻到我的气味。我提出要走在这条小路，是因为那时风正好从我们背后吹来，母狼闻不到我的气味。这样它就撞到我枪口上来了。"

大叔真是有心计的人哪。他把什么都谋算在好了。他接着又对我说："你要记住，狼是野兽中最聪明的野兽。你很难摸准它的窝在什么地方。春天，凡是狼咬死过牲口，凡是拖走过狗的地方，它绝不会再到那里去做窝的。母狼是不会离开狼崽子的……"

"公狼则到处跑，捕猎可口的野物，再把野物带回窝里给母狼和它的孩子吃。它们是不会在狼窝附近暴露自己的，它们住的地方很隐秘，一丝破绽都不让人看出来。在它们做窝、养儿的地方，就是有畜群走过，它们也忍住不去袭击。找狼，就要这样：都说这里有狼出没，你就别再寻思可

以在那里找到狼窝，要反着，你才能找到狼窝。"

大叔最后说："你以为喜鹊害怕野兽，有喜鹊的地方就没有狼。事情恰恰相反。狼啃过的骨头上总会剩下些肉渣渣的，喜鹊就聚集在这些地方享受免费的盛宴。是喜鹊首先暴露了狼的踪迹。小家伙，在森林里要认得出每种踪迹才行。"

大叔想留下一只狼崽给我养，可惜我妈妈不答应。我沮丧得不行。

斐济卡看见了狼崽子和打死的母狼，知道了他附近竟活跃着狼的时候，这位牧人的帮手比我还要沮丧。

松鼠饿疯了

我和我儿子彼嘉到林子里去采蘑菇。才一拐上乡村小路，就迎面碰见一条从树林里回来的狗。这条狗叫克廖帕尔达。克廖帕尔达很凶——凶得简直与恶狼无异。

彼嘉在我前头走。他想退回来，想躲到我身后。可我对他说："别躲！你就走，就直直走去。"

我快走几步，追上彼嘉，拉起他的手。我们手头没有什么可用来打狗的家伙，没有枪，连一根棍子也没有，我们就各提一个采蘑菇用的篮子。怎么防卫，可一下犯了难。

克廖帕尔达离我们只几步了。狭路相逢，两旁都是插不进脚去的泥泞，眼下，要么我们让狗，要么狗让我们。

"你别怕，别停下来，就直直朝前走！"我攥紧了儿子的手，同时尽可能轻松、愉快地给儿子壮胆。

克廖帕尔达站住了，不叫，只咧出白生生的獠牙。

我们和它紧张地对峙着。

　　我给我儿子做榜样，毫不犹豫地向前走去，一步、两步、三步……

　　一脸凶相的狗忽然跳向一边，四脚踩进了污泥里，从我们的一侧走了过去。

　　我放开了彼嘉的手。

　　"看见了吧？你刚才还躲。"

　　"哦，可吓坏了。"

　　"你要是逃，那狗就真厉害起来了。"

　　一走进树林，我们就都忘了刚才的历险场面。

　　昨天下了一整天的雨。蘑菇都疯长出来了。起先，我们见什么捡什么，红蘑、桦蘑、油蘑，全要。但是当我们走进树林深处，在云杉和针松下面的坡地上，我们发现了一片白蘑，我们就只采白蘑了，其他的蘑菇，我们连看都不看一眼了。

树林里，五光十色，东一片，西一片，到处都开满了野花，每一根树枝，每一棵小草，每一丛苔藓，都焕发着勃勃生机；当太阳升到树林上空，昨天未干的雨珠便都成了一只只发亮的眼睛，无数亮晶晶的眼睛。所有的矮树，所有的云杉，都挂满了蜘蛛网，网丝上的水滴经阳光一照射，就都成了数不尽的晶莹宝石。我们的外衣自然就全被水滴沾湿了。但我们依旧趴在地上，用双手扒开湿漉漉的苔藓，把一朵朵褐色小面包似的蘑菇刨出来，这可都是上好的蘑菇啊。我们一片捡完了，又换一片去捡。此刻，我们什么都不想，就一心想着捡蘑菇的事。

白生生的蘑菇把我们陶醉了，我们不知不觉走到了树林的最深处，忽然，一小片垄畦出现在我们面前。

"哎瞧！"彼嘉小声儿说着，拉紧了我的手。"一只松鼠！"

哈，真的，在垄畦的一边，那松树的枝丫上，有一只半大不大的松鼠，蓬松着一条长长的尾巴。

松鼠从一根树枝跳到另一根树枝。眨眼间，就跳得我们看不见了，可再看，它忽然又跳到地面，向着一棵矗然而立的白桦飞窜过去。在这片挨垄畦的树林里，一棵白桦离我们最近。白桦树近旁，在十分显眼的地方，彼嘉看见了一朵戴小白帽的蘑菇。

"啊！"我也低低惊叫了一声，拽着彼嘉的手，到小白桦后头隐蔽起来，免得惊扰了乖巧得叫人心疼的松鼠。"要知道，松鼠也准是非常想把这朵蘑菇弄到自己的树洞里去，它要是忽然发现地面有人，就会胆怯起来，就不会下树来采它了。"

"啊哈！"儿子觉得我说得对，"它的肚子一定已经很饿了。"

正如我所料，松鼠果然跳下来，在地面迅速接近那朵白蘑菇，那屁股高高一撅一撅的样子，着实好玩哩。

从垄畦到白桦树，至少有 15 步的距离呢。我们人走 15 步，松鼠蹦着小跑，少说也得跳 50 下。松鼠才跑近白桦树，还没来得及咬到蘑菇呢，突然，说时迟那时快，从草丛间蹿出来一只野畜——是狐狸！

狐狸扑向松鼠。

我们"啊呵"一声，倒吸了一口气。

还好，松鼠立即发现了袭来的危险，猛一下掉转身，才两下，就蹦到了白桦树跟前。

眨眼间，松鼠上了树，在枝叶繁茂的树梢上躲起来。它可怕狐狸了，怕得紧紧缩成了一小团。

狐狸立刻钻进草丛藏身，在那里等着松鼠下树来。

彼嘉想去把狐狸轰开。可我不让，我低声说："别忙。下面的戏还会着实好看呢。我看这狐狸狡猾着哩，捕猎经验很丰富。它不会轻易放过这松鼠的。这档子事，它觉得自己有十成十的把握。

从狐狸富有捕猎经验这一点看，我琢磨，狐狸准是会做出根本就不在乎这松鼠的样子。果不其然，狐狸在树丛里蹲伏一阵，便若无其事地离开白桦树，向空旷些的垄畦走去，连头都不回，更不抬头看松鼠一眼，悠悠闲闲的，自顾自地走开，仿佛它已经断然放弃这块到口的肉。

狐狸的眼睛里忽闪着喜悦的光彩，嘴巴笑得咧到耳朵根。我太惊异于狐狸的狡猾了。

　　看，我想的不错吧。狐狸没走到垄畦，就吱溜一下钻进了一片垄畦和白桦树间的矮树丛中，不见了，似乎压根儿它就不曾出现过。

　　"噫，真是个老滑头！"彼嘉小声说，"它准埋伏在矮树林里。那么，这松鼠今天可还怎么回家呢？松鼠跑回家是非得从着矮树林旁边经过的呀。"

　　"问题正在这里。"我喃喃了一句，"松鼠是少不得要落进狐狸嘴的了……但是……嘘！你看，松鼠在想对策哩。"

　　白桦树的一根白色树枝上，细看有一小团红茸茸的东西，在那里瑟瑟动弹，那本来紧缩的一团，眼看徐徐松开了，于是又变成了一只乖巧的松

鼠。它伸了伸脖子，转着脑袋向四面八方瞅了瞅，探察了好一阵。当然，松鼠在那么一个高处，从那里探察狐狸的身影，是什么也探察不到的。于是它胆战心惊、小心翼翼地悄悄从高枝向低枝跳。蹦一蹦，望一望。蹦一蹦，又伸一伸脖颈，随后又往下蹦跳。

"啊呀，笨呐，笨呐！"彼嘉低声嘟哝着，"松鼠这就要往地面跳了。咱们得赶快把狐狸轰开！"

"慢，别慌！"我小声制止彼嘉，"咱们看看，这事怎么完。"

我长到这年纪，还是第一次看到狐狸捉松鼠哩。

松鼠悄无声息地从白桦树上往下跳。忽然，松鼠撑起四条腿，颠了颠，喀唧喀唧叫起来。

"它看见狐狸了，看见了！"彼嘉喃喃说。

松鼠看见了从矮树下露出红毛尾巴尖端的一截白，它不能再多犹豫了，它得下决心了。

我自语说："啊呀，狐狸这尾巴露得蠢了！它想成事想得太急了！它以为松鼠这就到嘴了，就乐得转起尾巴来。可这一转动，就一下暴露了它自己了。"

狐狸尾巴尖端的一截白又不见了。

可松鼠已经耐不住饥饿了。"喀叽、喀叽"——它尖厉地叫着，它是用松鼠的话咒骂惊天奸诈的狐狸，它憋得浑身抖动起来。

看不见狐狸的尾巴，它停止了咒骂的喀叽声，随后呈螺旋形地顺着树干爬上了树，它知道，只有树冠丛密的枝叶能救它的命。它的想象中，狐狸正从树丛里跳出来追逐它，这会儿已经追到树的半腰上了。

"又陷入僵局了。"我对彼嘉说，"松鼠还得忍着饥饿，还得憋屈，狐狸是存心哪怕守到天黑也不会放弃了。可松鼠当然耐不住这么长久的饥饿，白桦树上没有它任何可以充饥的东西，没有松球，也没有榛果。它不得不下树来的。"

这样僵持了几分钟。松鼠和狐狸都没有显示出任何行动的迹象。彼嘉拉起我的袖子来。

"轰开狐狸，咱们去采咱们的蘑菇吧。"

可就在这时，松鼠从一根粗枝跳到一根细枝上。这根细枝很长，是白桦树最长的一根细枝，直伸向林边，那里，有一棵松树，半个小时前，它就是从那松树上下来的。

松鼠顺着细枝向枝端跑，细枝上下左右弹动着。松鼠跑到细枝尖，接着一纵身，跳了起来。

"松鼠饿疯了！"彼嘉小声叫起来，"它……"

我猜，彼嘉是想说：松鼠要落进狐狸嘴了。

可是，彼嘉没有把他的猜想说出口，事情瞬间就完结了。松鼠没有料到它的这一跳，没能跳到林边。这距离实在太大了——松鼠又不是鸟！它只是怒不可遏，憋不住，就不管不顾地跳了，反正它是想跳到林边去的！当然它是没有能够，它只是飞起来，翻了几个跟斗，落在了白桦和松树间的地面上。

我们得看看松鼠往下飞，飞哪儿去了——松鼠撑开自己的四只脚、竖起尾巴往下飞，飞进了矮树林，而狐狸在那里等的正是它！

然而，没有等它飞到矮树林，狐狸就……

大山猫传奇

你们准会做这样的想象：狐狸抬头、仰嘴，一下接住了飞下来的松鼠……

没有的事，狐狸一蹦多高，跳出矮树林，越过树桩和矮树林，慌慌忙忙，没命地跑了。

我的儿子顿即放声大笑，那笑声大得能震聋我耳朵。

而松鼠落到的那根树枝弹力很强，一下把它小小的身躯高高抛起，还好没有把它摔坏，它立刻调整了自己的身姿，终于得以轻巧地落到地面。松鼠三蹦两蹦，蹦上松树，又从松树蹦到白杨树，再从白杨树蹦到另外一棵什么树……。

彼嘉连眼泪都笑出来了。一下子，仿佛整座森林都随他哈哈大笑起来，那些树叶，那些树叶上的水珠，那些草，那些草叶上的水珠，那些矮树，那些矮树上的水珠，都顿时开心地笑了。

"松鼠是憋疯了！"儿子脸上挂着眼泪说，"简直憋疯了！它后来这一跳没有跳到一棵什么树，而是跳到了狐狸背上！狐狸拼命想甩掉它！狐狸拿尾巴使劲儿抽打它！瞧瞧，这憋疯了的松鼠！"

"现在，"彼嘉笑停了以后，我问他，"你现在该明白，我为什么在克廖帕尔达面前让你别跑的道理了吧？"

"我懂了，不是有这样几句诗吗：

事情就是这样的——

上了火线你别胆怯，

敢拼敢打的勇士

105

狭路相逢一个赢三个。

我不知道他是从哪儿记来的这四句诗！彼嘉动不动就给我背诗，连珠炮似的，一首接一首的背。

那天从森林里回来，我们那个开心，自没得说的了。

图书在版编目(CIP)数据

大山猫传奇 / (俄罗斯)维·比安基著;韦苇译. -- 北京:北京时代华文书局,2018.8
(写给孩子的动物文学)
ISBN 978-7-5699-2459-6

Ⅰ.①大… Ⅱ.①维… ②韦… Ⅲ.①儿童小说-短篇小说-小说集-世界 Ⅳ.① I18

中国版本图书馆 CIP 数据核字 (2018) 第 122188 号

写 给 孩 子 的 动 物 文 学
Xiegei Haizi de Dongwu Wenxue

大 山 猫 传 奇
Da Shanmao Chuanqi

著　　者｜〔俄罗斯〕维·比安基
译　　者｜韦　苇

出 版 人｜王训海
选题策划｜许日春
责任编辑｜许日春　沙嘉蕊
插　　图｜赵　鑫
装帧设计｜九　野　孙丽莉
责任印制｜刘　银

出版发行｜北京时代华文书局 http://www.bjsdsj.com.cn
　　　　　北京市东城区安定门外大街 138 号皇城国际大厦 A 座 8 楼
　　　　　邮编:100011　电话:010-64267955　64267677
印　　刷｜北京凯德印刷有限责任公司　010-87743828
　　　　　(如发现印装质量问题,请与印刷厂联系调换)
开　　本｜710mm×1000mm　1/16　印　张｜7.5　字　数｜90 千字
版　　次｜2018 年 10 月第 1 版　印　　次｜2018 年 10 月第 1 次印刷
书　　号｜ISBN　978-7-5699-2459-6
定　　价｜29.50 元